迷恋记

张新颖 —— 著

上海文艺出版社

目 次

新版序 ...1
小 引 ...3

没能成为的那个人 ...5
汉语中的外国文学 ...8
作家们 ...12
为什么读经典 ...17
精神领域的自主性所遭受的围困 ...22
吸毒与语言实验 ...29

《枕草子》和《徒然草》 ...37
《世纪的孩子》 ...40

请别射击钢琴师 ...44

空气和天空的变化 ...47

书简与照耀内心的光 ...51

收信人 ...57

"不可能,花儿摆得那么美……" ...62

《菲雅尔塔的春天》 ...67

托马斯·曼的几篇艺术家小说 ...70

在定名之外 ...75

打开暗室之门 ...78

土星式英雄的迷失艺术 ...82

他被阅读的大雪覆盖得异常苍白 ...86

袜子的内容和形式 ...93

反对审美化 ...96

垃圾之歌 ...100

看爸爸妈妈谈恋爱 ...104

父亲坐在黑暗中 ...107

河的第三条岸在哪里 ...111

真的天方夜谭的乐趣 ...114

读斯泰因自传时的迷离之感 ...118

爱情、艳遇和世界 ...124

简单说《无知》...128

明信片、电影、小说 ...133

鹅妈妈童谣 ...137

打开丛林这部书 ...145

《杨柳风》...151

为什么凝望星空觉得美好 ...156

普希金右臂上的三只鸟 ...160

"间离效果" ...166

斜侧身体站立的姿势 ...169

和写书的那个人见面，还是不见 ...172

通过自己懵懂的生活 ...180

漫长的相遇 ...185

不同年岁,不一样的养料和表现 ...190

时间会把缘分转来 ...196

为了获得空白而跑步,抽烟,喝茶 ...200

艾柯有趣 ...206

书的价值和价格,还有人对书的感情 ...213

《阿丽思地下漫游记》以及赵译《漫游奇境记》...220

歌 ...227

得书记 ...236

新版序

《迷恋记》是一册外国文学阅读随笔，与《不任性的灵魂》同类，只是文章更短、更随兴、更自由一些。

这本小书以前印过两次，这次新版，抽去收入《不任性的灵魂》里的几篇，新增十篇。前三辑初版就有，第四辑是二版加上的，最后一辑是这次加上的。

这些文字没有多么了不起的意思，只是一个读者的零星感应——从很年轻的往昔，到渐老的现在。对于这个读者自己来说，这么长的时间的星星点点，也能连成一个虽然远说不上完整、但已然清晰可见的图景。

　　所以这是一本读者之书,感应的是那些给了这个读者滋养的作者之书。

　　　　　　　　　　二〇二三年三月二十五日

小 引

我是中文系出身，毕业后教书和研究，也一直都没脱离中国现当代文学的范围；超出这个范围，话就不怎么敢说了。不过，如果说到读书，那可就没有什么专业意识，兴之所至，不知道跑野马会跑到哪里去。读得最多的，大概是外国文学，在其中穿行，游荡，低徊流连，沉迷不已。一转眼，已经二十多年。有意思的是，从来没想过要变成一个外国文学研究专家，就是自足于这样一种业余的状态，这样一种长期的爱好者的状态。不求甚解而能欣然会意，不是很奇妙吗？

即使这会意只是自以为是,那也无妨。

不求甚解却还长期迷恋,这是怎么回事?这迷恋是流动的,是一个接一个的?还是,其实迷恋的就是一种东西?蜻蜓点水,每一次都是触水的瞬间,即刻飞离;可是紧接着就是再一次触水,一次连着一次,一连串的点水。我小时候看蜻蜓点水,常常看很长时间,这当然首先是蜻蜓点水常常时间很长,小孩子才有的看;再就是,蜻蜓点水的风致,其实很好看的。

偶尔写点相关的文字,时间久了,也积下了这么一些;编排在一起,就叫《迷恋记》吧。

二〇〇七年二月二十日　复旦大学

没能成为的那个人

莫文蔚的歌《爱》,最后唱:"你还记得吗/记忆的炎夏/我终于没选择的分岔/最后又有谁到达"。"选择的分岔",这稍嫌别扭的汉语,让人想到那首著名的诗。词作者李焯雄一定读过弗罗斯特(Robert Frost)的《一条未走的路》(*The Road Not Taken*),相信你也读过——

深黄的林子里有两条岔开的路,
很遗憾,我,一个过路人,

没法同时踏上两条征途

想起来了吧？那就不用我往下引了。"林中有歧路，偏向荒径寻。"他选择了一条路，而把另一条留待将来。可多年后他要感叹，那条没走的路是一条永远不可能再走的路，因为，人生这东西，像张爱玲小说里的人物说的那样，回不去了。

那条没走的路会造成什么不同的生命情景，只能去想象，那个你没能成为的人是什么样子，你不会知道。

可是卡尔维诺（Italo Calvino）在《命运交叉的城堡》里，让一个犹豫不决者碰到了他本来有可能成为的人——

"你是谁？"

"我是应该娶你没有选择的那个姑娘的人，是应该在岔路口选择另外一条路的人，是应该在另外一口井喝水解渴的人。你不做出选择，也妨碍了我的选择！"

"那你去哪里？"

"去与你将要去的旅店不同的另一家旅店。"

"我在哪里能再见到你?"

"在与将要吊死你的绞架不同的另一个绞架上吊着。再见!"

说到绞架,就到底了,没有什么好玩的了。谁在乎一个绞架和另一个绞架有什么不同?像卡尔维诺这样的聪明人,有本事把有意思的问题弄得索然寡味。

有意思的不是这样的聪明和智慧,而是,类似于葡萄牙诗人佩索阿(Fernando Pessoa)在《烟草铺子》里写出的句子——

> 我活过,学习过,甚至相信过,
> 而现在,我羡慕任何一个乞丐只因
> 他不是我

二〇〇二年八月二十四日

汉语中的外国文学

对具体翻译作品的说三道四给人以一种假象：似乎存在着最完美的翻译，只不过现在没达到罢了。其实翻译本身即不被信任，这才是根子上的问题。人们不知道把翻译作品放在哪儿才好。比如说汉译海明威作品，当然和海明威用英语写的原文不一样，南京的小说家朱文在把海明威作为目标盯了两年之后，才恍悟道："我所了解的海明威从某种角度说毕竟是一个汉化的海明威，对我来说，他是一个并不存在的汉语作家。"

按照比较文学里的一些看法，其实存在一个叫海明威的汉语作家，只不过顶着这个名字的不只是一具身体。海明威的汉语作品是由海明威和汉语译者共同创作的——对于这一点似乎没有多大的疑问，如果不考虑变为汉语作品之前的环节，只从成为汉语作品那一刻算起，那么在进入汉语环境的程序和形式上，就和一个汉语作家写的汉语作品没有什么两样。所以比较文学会说：汉语里的外国文学，是汉语文学的一部分。

这似乎为翻译文学在中国文学中找好了一个位置。人们通常是把翻译文学叫做外国文学的，当这种粗略的叫法被语言的根本性差异所质疑的时候，就只好再另外找个安置的地方——大概它两边都呆不舒服。

其实处在两者的中间地带有什么不好呢？不好不过是来自一些自以为是的俗见吧。要是一个人阅读翻译作品，他就得准备应对类似这样的劝告：一种劝你干脆放弃，还是回过头来读用我们自己的语言写成的作品吧；另一种则建议你直接去读原文。

第二种意见似乎颇有道理,这个道理已经被重复了无数遍,总而言之翻译靠不住,翻译使原作失去了很多有价值的、独特的东西,文学尤其不能翻译,诗歌尤其尤其不能翻译……如此等等。直接去读原文当然是一个好方法,但我想来仍然不是一个完美无缺的方法:是不是要先变成一个外国人再去读外国文学,否则怎么能确保读原文就不失去什么呢?

聪明人说,诗就是翻译过程中失去的东西。翻译过来的诗歌似乎不值一看了。我读陈敬容、冯至等翻译的里尔克的诗,仍然觉得里尔克的伟大和光辉。我找不出哪一个汉语诗人可以取代他,好使我只读来路纯正的汉诗。这个经验到的普通事实,同时也可以用来答复第一种劝告。

如果指出具体翻译的错误而不是从根本上排斥翻译,当然没有什么话好说。但"正确"的翻译未必好,却也是不得不承认的。徐梵澄译《苏鲁支语录》,"缀言"里说:"一个译本无疵可指,处处精确,仍然可能是坏译本，不堪读。正如为人，'非之无举也，刺之无刺也'，仍往往是'乡愿'，不是'圣人'。"

而博尔赫斯说得更彻底，他认为伟大的作品根本就不会因为翻译而失去其伟大："具有不朽的禀赋的作品却经得起印刷错误的考验，经得起近似的译本的考验，也经得起漫不经心的阅读和不理解，它不会失去其实质精神……《堂吉诃德》在其作者死后的战斗中战胜了它的译者，并且不管这些译本多么粗制滥造，它仍然保存了下来。"

一九九七年七月八日

作家们

　　朋友敞开办公室书柜的门，慷慨地让我随便挑。乱七八糟的一堆，可以想见主人对它们的兴趣有多少。我表示没有中意的。朋友有些歉意。我也为自己的直率有点不好意思，就用手翻弄，不意有了惊喜的发现。我马上又说：你舍得吗？我有点利用了朋友的慷慨和歉意，他不舍得也只能舍得了，就这样我终于拥有了一册心里渴念了好久的——《卡希人像摄影选集》。

　　人们津津乐道的是卡希（Karsh）出其不意地拔下丘吉尔首相口中的雪茄，在首相恼怒异常的时候他拍下了一幅永垂史册的肖像：怒目而视的丘吉尔被当成了战时英国不屈不挠的象征——这幅摄影作品完成于一九四一年十二月的某个瞬间。但由于我个人的偏见和兴趣的狭隘，这册摄影集里的政治家肖像并没有浪费我多少时间，吸引了我的目光的是那些画家、音乐家、科学家、医生、一名苏格兰缝帆老人和辽阔麦田里的农民；特别是作家们，通过卡希的摄影机和他们会面，令人产生出"额外"的亲近，那种仿佛在意料之外的"会心"。

弗拉基米尔·纳博科夫的一张彩色摄影：两只手举着一个小小的蝴蝶标本，举到下巴那儿；两只眼睛闪着不能确定的光，这不能确定的总和中肯定有嘲讽的成分在。这张照片摄于一九七二年，卡希还用文字告诉人们，纳博科夫晚年在瑞士蒙塔路宫大饭店定居，"那里的旧时情调对这位流亡异国的俄国人非常适宜"。也许真是这样，在此之前，我注意到纳博科夫在康奈尔大学寓所的一张照片，眼睛低垂，满脸倦容，绝没有眼前这张的神采。卡希顺便还说到,关于那部讽刺美国道德价值的小说《洛丽塔》,纳博科夫诙谐地说:"我对美国妇女了如指掌,当我还是个蝴蝶专家的时候,我就在她们至关重要的大学时期教过她们。"

卡希说海明威是他遇到的最腼腆的人,史蒂芬·里科克的风趣幽默给他留下了极深的印象。一天晚上,里科克带卡希去钓鱼,他的船坞里泊着两只船,一个小舟和一艘汽艇,卡希一下子就跳到汽艇上。"不,不,"里科克叫道,"我们坐小舟去,我来划船。"卡希问为什么,里科克说:"坐汽艇太省力了,总是一下就到目的地。"如果我们想把世界上的人分成两种,选择坐汽艇还是划小舟倒也是一种方法,愿意费时费力的绝不会只里科克一人,至少还有几个作家同行做伴吧。

伊弗林·沃的作品我只读过有名的《兴仁岭重临记》,他的形象我还是在这册摄影集里第一次见到。卡希的观察相当细致:"在那次为迎接我们而设的精制午餐中,无论是对餐桌上的礼节、上菜的次序还是酒的挑选，他都异乎寻常地讲究。这位十足的派头主义者疾步跑下已有几百年历史的石阶来欢迎我们，但对我们的司机伸出的手则故意置之不理。"我想起董桥在一篇短文里称赞小说家沃是不滥情的，他可是真的当得起这样的称赞。

其实做一个作家是幸福的，意识到这种幸福、敢于承认这种幸福的作家才是好作家。这种幸福的根基在于他能够不断表达自己，不断地尝试使自己的表达更接近真实、更加完善，而不是通常所说的创造另一个世界的生活。任何创造说到底是自我表达。卡希拍下了格雷厄姆·格林的一张沉思的照片，格林对作家这一行当的特殊幸福深有体会，但他是在通常所理解的创造另一个世界的意义上表明这种幸福的："有时候我在想，那些不写作，也不作曲或画画的人，他们将如何逃避人类生存环境中固有的疯狂呢？"

卡希为许多著名作家拍摄了肖像，一下子就打动了我而且持久地感染着我的是 W. H. 奥登的半身照。

这张照片摄于一九七二年，奥登回到了英国，可是英国已不是他客居时思念的英国。卡希记述了当时的情景：在伦敦的一座花园里，"像是某种不祥的预兆，他与我妻子谈了两个小时已故的朋友。他不停地吸烟，谈话常常被撕心裂肺的咳嗽打断。说话时分，花园里天色渐暗，我仅为这张美丽而饱经风霜的脸留下了一幅快照。'再来吧，过些时候就来吧！'他热情地邀请着，但我知道，我可能再也见不到他了"。奥登站在伦敦的花园里，双手插进西装口袋，头斜侧，微仰，表情肃穆，眼望我们看不见的某个地方。他的双颊、额头满是清晰的皱纹，我从来没有见过这样静美、忧伤、饱含持久绵延的力量、自然、实在的皱纹。

一九九六年八月二十三日

为什么读经典

　　为什么读经典？这个问题往往会被不知不觉地转换成另外的问题：读经典有什么用途？有什么好处？转换了，我们还以为是同一个问题。既然我们这么关心用途和好处，那么也就不必回避，直接的回答是：没有什么用途，没有什么好处。伊塔洛·卡尔维诺说：唯一可以举出来讨他们欢心的理由是，读经典总比不读好。他在《为什么读经典》(译林出版社，二〇〇六年第一版)里援引了一个故事：当毒药正在准备的时候，苏格拉底还在用长笛练习一首曲子。"这有什么用呢？"

有人问他,"至少我死前可以学习这首曲子。"

在不同的时期读经典,意义不同。青少年时代,每一次阅读都是第一次接触一个世界,如同在现实中接受新鲜的经验一样。许多年之后,也许我们已经忘记了我们读过的书,可是它已经把种子留在了我们身上,它持续地在我们身上起作用,虽然我们未必意识得到。"当我们在成熟时期重读这本书,我们就会重新发现那些现已构成我们内部机制的一部分的恒定事物。"尽管如此,卡尔维诺还是认为,年轻时候的阅读往往价值不大,"这又是因为我们没耐心、精神不能集中、缺乏阅读技能,或因为我们缺乏人生经验"。基于这个理由,一个人在成熟的年龄,应该有一段时间去重新发现曾经读过的重要作品,这个时候他会欣赏或者说应该欣赏更多的细节、层次和含义。"一部经典作品是一本每次重读都像初读那样带来发现的书。"对于以前一直未曾读过的经典,也不妨假设是为自己保留了一个机会,"等到享受它们的最佳状态"——包括最佳的年龄——来临时才阅读它们，"它们也仍然是一种丰富的经验"。

关于重读，我在另外的地方看到过两个大诗人之间的交谈。

墨西哥诗人奥克塔维奥·帕斯年轻的时候曾经去访问过美国前辈诗人罗伯特·弗罗斯特，弗罗斯特说他十五岁时写第一首诗："我那时正在读普雷斯科特，也许是阅读他的书使我想到你们的国家，你读过普雷斯科特的书吗？"

"那是我祖父最喜欢读的书之一，因此当我是个男孩时便读过他的书，我愿意重读他的书。"

"我也喜欢重读一些书。我不相信不重复读书的家伙，还有那些读很多书的人。在我看来他们很蠢，这些现代的疯子，这样做只会增加学究的数量。我们应该经常认真地阅读某些书。"

"一位朋友告诉我人们发明了一种快速阅读法，我猜他们是想要把它介绍到学校里去。"

"他们疯了,应该教别人的是慢读,而不是填鸭式的让人烦躁。你知道人们为什么要发明这些玩意吗?因为他们害怕。人们害怕无所事事,那会危及他们的安全。"

两位诗人的谈话涉及到了人所处的社会现实和阅读环境。必须说,人应该知道他是在哪里、在哪个位置上阅读经典的。卡尔维诺假设了一种幸运的读者,他可以把阅读时间专诚献给经典作家和作品,他的阅读和当代生活的任何世俗方式——如为报刊写评论,谋取大学教授职位,等等——无关,他甚至可以避免读报纸。这样幸运的读者也许存在吧,绝大多数人却不是,而且这样的阅读也未必合理。"当代世界也许是平庸和愚蠢的,但它永远是一个脉络,我们必须置身其中,才能够顾后或瞻前。阅读经典作品,你就得确定自己是从哪一个'位置'阅读的,否则无论是读者或文本都会容易漂进无始无终的迷雾里。因此,我们可以说,从阅读经典中获取最大益处的人,往往是那种善于交替阅读经典和大量标准化的当代材料的人。"

也可以说,阅读经典,一方面需要把经典里面蕴藏的信息读出来,读到当下的世界里来,读到你自己身上来;同时,也需要把当代的信息读进去,把你个人的信息读进去,读到经典里面去。这个当下的世界和当代的信息,这个你个人,就是你在你的位置上所感受和意识到的,不必幻想你是在桃花源。这就是为什么,你要知道你是在哪里读经典。

二〇〇七年一月二十四日

精神领域的自主性所遭受的围困

法国社会学家皮埃尔·布尔迪厄向德裔美籍先锋艺术家汉斯·哈克介绍了萨特之后法国知识分子形象——这个形象是从左拉到萨特期间树立的——不断遭到破坏的情形：人们以时尚模式对待精神生活，将时装逻辑带进文艺生活，或者更糟，将政治逻辑带进文艺生活；保守集团一致行动，旨在制造某种思想氛围……

哈克问：这些人总不会自以为是知识分子吧？

布尔迪厄说：可惜正相反。他们想按照自己的形象，也就是按照自己的尺寸，重新确定知识分子的面貌和作用。这些人只保留了知识分子的外部表象，既无批判意识，也无专业才能和道德信念，却在现时的一切问题上表态，因此几乎总是与现存秩序合拍。

两个人的对话整理成一本小书，名为《自由交流》，法国色伊出版社一九九四年出版，一九九六年中文译本由三联书店印行，约七万字的篇幅。它透露出的信息在二十世纪九十年代中国的现实文化环境中颇多可以印证之处，从而再一次提醒我们，对中国知识分子境况的特殊性的强调，必须有一定的限度，而这又是必须具有宽广的视野之后才能恰当地处理的。《自由交流》通过具体的实例，揭示出世界范围内精神领域的自主性所遭受的围困，以及身陷此境，知识分子的屈服和不屈服。

"艺术产品具有symbolique力量，它可以用于统治，也可以用于解放"，而如何对付现代形式的symbolique统治，如何使批判行动产生效果，实在不是一个容易解决的问题，除非他不关心自由表达，没有意识到自主权所受到的威胁。这种威胁来自社会的各个方面：新闻、出版、学院派、评审团、委员会、国家订货、企业资助、各种奖项和社会荣誉，等等。而敢于拒绝symbolic利润的人总是少数，而且拒绝行为仅仅表现为缺席，不会进入公众的视野。知识分子面对诸多问题，常常无能为力。

布尔迪厄对大众媒体的批判性感受尤为强烈。他描述道："艺术家、作家、学者被排除在公开辩论、公开表态之外（例如，反对海湾战争的人遇到重重障碍，反对野蛮内战的南斯拉夫知识分子也举步维艰！），不仅如此，时髦的说法是他们根本不存在！某些在媒体上抛头露面的知识分子与媒体中的一些人携手合作，这些人有意无意地贬低知识分子，或者，更严格地说，强化一切机制（以求得紧急效果），居心不良，使复杂信息更难以传播。"媒体成为精神生活和公众之间的屏障或过滤器，信息只有合乎媒体那些自以为是的标准才是信息，价值只有得到媒体的首肯才能够得到传播之便。布尔迪厄觉察到这一现象之可怕：政界、企业界、金融界"越来越多、越来越有效地介入我们的领域，特别是在公开讨论中抛售他们的劣等'哲学'"。他们发现，"既然电视介绍的那些'知识分子'并不见得比他们高明，他们也就理所当然地自认为思想家了"。总有一天，现在还在讲销售策略的人，会发现自己是个哲学家，在电视上或者是他们的著作里表述"他们的"观点，议论一切，包括最专业化的各类问题。如果认为他们推销的仅仅是产品，就太轻视人家了，他们推销的还是他们自己，他们对社会文化的见解及其介入方式。布尔迪厄说，十九世纪，艺术家们，波德莱尔，福楼拜，能够把"资产者"当作粗俗不堪和愚昧无知的人，可是今天的老板往往很有修养，"就连代表标新立异的决裂和真正的 symbolique 革命的艺术，也能毫无障碍地进入资产者的生活艺术之中。"

布尔迪厄语含讥讽，不留情面，说到新闻业总是难抑不平之气:记者不只是"传播"信息,而且"生产"信息,他们有能力将所谓的问题和对这些强制性问题的强制性思考一天一天地强加于公众。"意味深长的是文学奖的得主越来越多地是记者,这就肯定了他们作为弱智的思想家的作用。他们为政治家作传,为服侍过的大人物写见证,就艺术或文化问题撰写平庸乏味的评论文章,而这些书居然在畅销书中名列前茅。"

知识界本身的独立性、自主性受到新闻业的压力,而同时也必须看到,新闻业也受制于其他各种权力,这是一层意思;知识分子本身越来越失去历史感和社会冲突感,却是一个更加严重的问题。哈克在一九八八年就以《博德里雅尔的狂喜》对这位当代著名的社会学家现实感的丧失进行了无情的批判,那时他还不可能想到,"靠虚象生活"的博德里雅尔,后来先是在报纸上预言《海湾战争不会发生》,几个月后又出版了令人哗然的《海湾战争不曾发生》。在与布尔迪厄对谈时,哈克直言道:"我觉得这种逃避现实很像是神经错乱。"

对话双方共同提到一九六八年文化革命失败给知识分子带来的集体创伤。哈克指出,知识分子为了克服自卑感,逃避幻灭感,走到了管理人员的行列,批判知识分子的形象受到怀疑和揶揄,进而显得有些"过时"而被适时顺变者抛弃。布尔迪厄一语道破这一变化的社会用心:"对批判知识分子进行贬谪甚至摧毁,目的在于使反权力失去作用。我们是多余的人,我们居然想个别地或集体地反对神圣的管理法则,真是无法容忍。"

知识分子的集体受挫,与保守主义的相随而来,使人不能不注意到两者之间的关系。布尔迪厄认为:"如果忘记了巴黎公社,就无法理解十九世纪末的思想,从杜尔凯姆到勒邦以及一脉相传的保守主义哲学,同样,如果忘记一九六八年五月运动所带来的创伤,就无法理解在美国和法国重新兴起的保守主义及新保守主义思潮以及新出现的、名副其实的保守主义国际联盟，它拥有联络网、刊物、基金会、社团等。由于这个集体创伤，某些大学教师陷入了最激烈的保守主义，特别是在艺术和文化问题上……"

《自由交流》晓畅、朴实，不绕圈子，不深奥难懂，却可视为一本"揭秘"的书：揭发统治的机制不愿看到被揭发的隐秘。隐秘的存在，是因为统治是建立在不知情之上的，即被统治者是同谋。把微妙的形式进行拆解，进而唤醒公众的意识，正是研究社会的科学和文学艺术的责任。伊内斯·香佩为这本小书写的引言里特别点出这样一种信念："一旦我们意识到自己不知不觉地受到社会机制的支配，这种意识便会产生解放的效应。"

一九九六年九月十日

吸毒与语言实验

本来我们通常以为的语言，是用来表达一个意思的东西，不管它是载道的，还是言志的，在一个范畴里，载道和言志是对立的。可是，从另外一个更大的范畴来看，它们是一回事，都认为语言是表达某个意思的工具，不管意思是什么，不可能设想语言是什么都不表达的。可是，在一些先锋小说的语言实验里，语言不表达什么明确的意思，既不载道也不言志，也不传达我们日常语言里所有的确定的意义。这样一来，语言解放了，也就是说语言不再是语言之外的一个东西，语言的组合，词汇和词汇组合在一块儿，句子和句子组合在一块儿，这样的组合也不一定是要为了一个特定的目的，为了传达，为了输送某种意义来组合在一块儿，也就是说把语言从语言的意义中解放出来，语言最大限度地获得了它本身，它本身的自由。语言在这里的运用，不再是我们在日常生活里面常规下的语言运用，它变得不指涉语言之外的现实。那么，它变成了什么？在这样的语言运用当中，所指的功能越来越减弱，而能指的功能越来越大，它这句话可能指涉任何的意义。如果所指的功能很大，那么这句话、这个词所指的意义是非常确定的，而把这样的功能减弱之后，一方面可能是没有任何意义，另外一方面是它也可能指任何意义。所以，我们读这样的小说，多少会有这样的感觉，你不知道他在说什么，你好像知道他在说什么，但是你不能确切地说他在说什么，他的语言像梦境里的语言一样，词汇本身获得了很大的自由，但是，词汇连缀在一块儿的意义就不知道了。

这样的语言体验有点类似于人在迷幻状态当中的体验。意大利的电影导演费里尼写了一段话可以用来解释。费里尼讲他喝了一点迷幻剂后的体验：

> 前几天，当我有濒死的感觉时，物体便不再拟人化了。原来一直像一只奇怪的大蜘蛛或拳击手套的电话，如今只是电话而已。也不是，连电话也不是，它什么都不是，很难形容。我不知道那是什么，因为体积、颜色和透视的概念，是了解事物的一种方法，是界定事物的一组符号，是一张地图，一本可供大众使用的公认的初级教科书，而对我来说，这种与物体的理性关系突然中断了。

你判断一个东西，比如他举的例子，电话，凭什么你看到那个东西，你的意识里马上反应是电话？这里有很多综合的信息，比如它的形状、颜色，放的位置，等等。因为构成电话的每一个因素都是有意义的，它的颜色、形状、体积，这些联系起来指向某个意义，综合起来，使你判断它是电话。可是，如果把这些因素都割裂开来，颜色是颜色，形状是形状，你就没办法判断这是电话。本来你和那个东西形成的关系是我和电话之间形成的关系，而不是单独和颜色、形状之间的关系。

有一次，为了满足正在研究迷幻药效应的医生朋友们，我答应做他们的实验品，喝下了掺有微量仅一毫克迷幻药的水。那一次，客观的物体、颜色、光线，也都不再有任何可辨识的意义。那些物体是它们自己本身，浸浴在明亮而骇人的辽阔寂静中。那一刻，你对物体不再关心，无需像阿米巴变形虫那样用你的身体笼罩一切。物体变得纯洁无邪，因为你把自己从中抽离了；一次崭新的经验，就像人第一次看到大峡谷、草原、海洋。一个充满了随着你呼吸的韵律而跳动的光线和鲜活色彩的洁净无瑕的世界，你变成一切物体，与它们不再有所区别，你就是那朵令人晕眩地高挂在空中的白云，蓝天也是你，还有那窗台上天竺葵的红叶子和窗帘布纤细的双股纬线。那个在你前方的小板凳是什么？你再也无法给那些在空气中如波浪般起伏振动的线条、实体和图样一个名字，但没有关系，你这样也很快乐。赫胥黎在《知觉之门》（*The Doors of Perception*）书中，耸人听闻地描写了这种由迷幻药引发的意识状态：符旨的符号体系失去了意义，物体因为没有根据，没有存不存在的问题而令人放心。这是至福极乐。

在迷幻药的作用下，你和世界的日常的理性的联系都没有了，这个世界里你所看到的东西都变成了它们本身，你想到的一个东西不再是它的功能、它的用处、它和你之间的关系、它的意义，因为失去了这些东西，它们本身获得了极大的解放。就像费里尼描述的，物体变成了物体本身，物体不再是日常人为的加给它的东西，所以这个时候你的感觉是非常放松的，甚至到了"至福极乐"的状态。

这个就有点儿类似于极端的语言实验，语言的所指被减少到极点，只剩下能指，只是一堆漂亮的词语，念出来是一堆漂亮的声音的组合。这样的小说引起年轻人的兴趣，就是这样一个效果，不恰当的比喻，类似于吸毒的效果。虽然以前看到过草原峡谷或者河流，但是，你从来没有这样看到过草原峡谷或者河流。好像你是第一次看到，语言原来是这样的，语言原来可以不指涉任何东西，它本身就可以构成一个很美的流动的语言过程。

但是，这个只是在迷幻药作用下的第一个阶段，接下来，费里尼说：

> 但是突然被排除在概念的记忆之外，让你掉入无法承受的焦虑之深渊里；那前一刻的狂喜转瞬变成地狱。怪异的形体既无意义也没有目的。那讨人

厌的云，那教人难以忍受的蓝天，那活生生的令人作呕的双股纬线，那你不知道是什么东西的小板凳，把你掐死在无尽的恐惧中。(《我是说谎者：费里尼的笔记》)

他突然看到空气中的云彩、线条不再是日常在清醒的状态下看到的，那些东西特别好、特别纯洁、特别是它们自身，它们没有意义，没有作用，就是那么自在地呆在那儿，可是时间一长，就觉得没有意义、没有目的、它们之间没有任何联系、和你也没有联系的这些东西，其实是很让人焦虑的，你没法适应这样一个世界。你不知道这些东西是什么，除了只是一些纯粹的线条、声响。他描述说，这样一个"至福极乐"的状态会在某一个瞬间转变成一个你难以忍受的状态，唤起你无尽的焦虑，天堂一下子会变成地狱。可能吸毒到最后都有这样一个阶段。

如果语言没有所指了，它只变成了能指，看起来语言是变成了语言本身了，它不再一定要表达什么东西，它好像获得了它自己的自由、解放、幸福。但是，这样时间一长，你会产生怀疑，什么是语言本身？语言本身难道就是它没有所指？以往，我们把语言完全工具化，不承认它本身的特性；那么，现在把它所有的所指的成分去掉，这就变成语言本身了？一个人说话、写文章，正常的意义是既有语言的能指的部分，它也同时具有语言的所指的功能。否则的话就是梦话，就是一串没有任何现实意义的东西。这个严格说起来，就不是语言。语言本来就是由这两部分构成的。任何人为地去掉一部分，或者减弱一部分功能，加大另一部分功能，它所能带来的幸福、自由的感觉也是短暂的。过了最初的兴奋期之后，你会觉得这个东西无法认识。

二〇〇一年十二月

《枕草子》和《徒然草》

人能够读到一部好作品不容易,特别是像清少纳言的《枕草子》和吉田兼好的《徒然草》,这样随意记下来的东西,写的时候并不怎么打算给别人看的,而年代久远,流传不绝,实在是有幸读到人的福分。不谙日文的中国读者要体会它们的好,还要依赖好的翻译,而特别好的翻译,恐怕也是可遇不可求的。把翻译当成"胜业"的周作人晚年译出了《枕草子》,王以铸几十年时作时辍译出了《徒然草》,这都不是可以等闲视之的小事。

上面不自觉用了好几个"好"字，想起小时候写作文，用到"好"的地方，老师就批评说，怎么个"好"法？不具体。越往后越知道，很多的"好"没法具体。就说《枕草子》卷一第一段讲"四时的情趣"，也是说春天是破晓的时候最好，夏天是夜里最好，秋天是傍晚最好。怎么"好"？作者也只是简单描述之后说，"这是很有意思的，"或者，"不消说也都是特别有意思的"。怎么个"有意思"？作者觉得是不必多说的。抄录这一段最后一节，看看能不能体会《枕草子》的好和周作人翻译的好："冬天是早晨最好。在下了雪的时候可以不必说了，有时只是雪白地下了霜，或者就是没有霜雪但也觉得很冷的天气，赶快生起火来，拿了炭到处分送，很有点冬天的模样。但是到了中午暖了起来，寒气减退了，所有地炉以及火盆里的火，都因为没有人管了，以至容易变成白色的灰，这是不大好看的。"

《枕草子》和《徒然草》这两部各自独立译出的作品，合为一册由人民文学出版社出版，取名为《日本古代随笔选》。书名看上去朴素，实际却是大而无当，很不妥的。为什么不直接写两部作品的名字呢？还有，封面上也没有译者的名字，不管出于何种考虑，也是很不妥的吧。版权页写"1988年9月北京第1版，1998年6月北京第1次印刷"也是莫名其妙，至于印数，我想最好是标明累计印数，而不只是标明这一次的印数。这几年的书，版次和印数各个出版社有各自的写法，你要是把它视为"数据""资料"什么的，可要当心。清少纳言也有一段写"扫兴的事"，读好作品、好翻译，也会碰到这样的事。

一九九九年七月二十七日

《世纪的孩子》

乔治·桑和缪塞的爱情故事,早就和法国十九世纪浪漫主义混成了一体,分不开了。这不仅因为他们都是浪漫主义文学的重要作家,也不仅因为他们的生活与行为本身就是浪漫运动的有机部分,而且因为,这一场爱情给他们各自都带来了改变,这一改变直接影响到各自的创作,也就影响到了浪漫主义的文学。

科里斯(Diane Kurys)的电影《世纪的孩子》(*Children of the Century*)(一般应该译成《世纪儿》,缪塞著有《一个世纪儿的忏悔》,女主人公很大程度上是乔治·桑的理想画像；电影中文名译为《史诗情人》，似乎不通）再现这一著名爱情事件，由大牌明星朱丽叶·比诺什（Juliette Binoche）和贝诺特·马吉梅尔（Benoit Magimel）主演，可谓"豪华"。本来，以真实的历史人物和事件为基础来进行艺术创作，不论是表演还是导演，都不容易掌握好分寸，既无违于事实，又能充分发挥出艺术创造的激情和才能。就此而言，这部电影已经做得非常出色。乔治·桑丰盈、母性的气质和健康、宽广的心灵，缪塞脆弱、狂热和反复无常的诗人性格，以及两个人共同的对社会的高傲和叛逆，都得到了非常鲜活深入的表现。但还是有些遗憾。遗憾的是电影的后半部分，两个人威尼斯之行分手，出现了一次又一次的纠缠不休的情景，给人的印象是，缪塞因为这场爱情而垮了下来。影片里缪塞的母亲当面指责乔治·桑，说她儿子自和她认识以后就毁了，什么东西也写不出来。观众当然不愿意赞同缪塞母亲的指责，可是电影并没有提供反驳的有力证据，相反倒是很快就看到了缪塞的坟墓，乔治·桑来凭吊，然后离开，电影就在乔治·桑离开的背影里结束了。

在乔治·桑和缪塞的关系中，有一些不同寻常的东西。一个男性天才，他的艺术生涯走完了一个阶段，却仍然还是个被宠坏的青年；另一个呢，具有富饶创造才能的伟大女性，艺术上却还嫌生涩粗糙。这时候，他们相遇了，一个二十二岁，一个二十八岁。勃兰兑斯在伟大的《十九世纪文学主流》里这样叙述道："现在是在现代文明中破天荒第一次，男性的文学创造心灵和女性的文学创造心灵发生了接触——每一个心灵都发展到了最高尚、最优美的境地。从来没有这么大规模的试验（不久以后，罗勃特·勃郎宁和伊丽莎白·勃郎宁又以近似的方式在英国重复了一次这种试验）。这些人是艺术天国里的亚当和夏娃。他们相遇了，共享了知识之树的果实。接着而来的是诅咒——也就是争吵；于是他走他的路，她也走她的路。但他们已不再是从前的老样子。他们现在产生的作品比起他们相遇以前产生的作品迥然不同了。"

  按照勃兰兑斯的判断，分道扬镳之后，两个艺术家都完全成熟了。缪塞一系列不同凡响的作品，是在他和乔治·桑决裂以后的六年期间问世的；而乔治·桑呢，她一生的成就，也得多少归功于这场爱情。

二〇〇四年三月四日

请别射击钢琴师

奥斯卡·王尔德是一个细心而刻苦的工作者,爱德华·纽顿说:"他像艺术家对待色彩那样斟词酌句,反复推敲……但王尔德喜欢无所事事。"纽顿讲了一个故事:王尔德在一个乡村别墅度周末,借口工作需要,离开其他宾客。晚上用餐时,女主人问他上午做了些什么,他说:"我在我的一首诗里加上一个逗号。"夫人又惊喜又感兴趣地问起下午的工作是否使他同样筋疲力尽,王尔德厌烦地以手遮眉,道:"这个下午我又把逗号去掉了。"王尔德是有意识地实践一种"无所事事"的艺术家生活方式的,在小说《道连·葛雷的画像》里,"无所事事"与"多情"连结起来,他写道:"多情是无所事事者的特权。"

博尔赫斯对王尔德作过这样一个有趣的评价:"一般说来,作家们都期望自己所说的话具有深度。然而,王尔德虽是一个具有深度的人,却企图表现得肤浅一些。"

加上一个逗号又去掉它共计费时一天,不妨当作笑谈;但我们对王尔德这样的话还是应该认真的:"要是罗密欧和朱丽叶总为乘火车而担心,或是为返程票而烦恼,莎士比亚就不可能写出那几幕如此富有诗意、哀婉动人的戏了。"这是王尔德一八八二年赴美国巡回演讲时,针对几乎每个美国人都在急着赶火车的情形而发的感慨,他说:"这种情形对诗歌和浪漫爱情是不利的。"

偏偏王尔德在美国的火车上碰见了诗歌,准确一点说,是碰上了一些出没于车厢中兜售各种杂物的男孩同时在兜售他的诗集。他的诗被印在糟糕的纸上。王尔德竟然把小贩们叫来,告诉说诗人喜欢出名,却也想拿到钱,出售他的诗集而不分他一份利润,是对文学的打击。小贩们不知道他说了些什么,也管不了那么多。

在世上最野蛮的城市里德维尔,王尔德更长了一份与艺术有关的见识。他朗读本维路托·切利尼的自传给那里的矿工听,他们很欣赏,责备他为什么不和这个人一起来。王尔德解释说这个人死了,马上有人发问:"是谁打死他的?"后来他们一块儿去舞厅,王尔德看见钢琴上面写了一条告示:"请别射击钢琴师。他竭尽所能了。"

那里钢琴师的死亡率真是高得惊人。王尔德说,这是他所见过的唯一合理的艺术批评方法。

一九九六年六月十二日

空气和天空的变化

　　一九二六年四月，欧洲三位著名诗人里尔克、帕斯捷尔纳克和茨维塔耶娃之间，开始了一段非同寻常的通信史，直至一九二六年底里尔克辞世，共留下书简五十余封。半个世纪过去了，时间在他们和当代人之间划开了一条巨大的鸿沟；本来，上帝就已经使诗人和凡夫俗子以难以通约的生命形式存在了。于是，处在今天的境况中，我们发现，我们几乎全然不可能用他们的话语方式表达自己；就是当今的诗人，也几乎全然不可能重现前辈诗人的激情、纯净，甚至不可能像他们那样去做"一个幸福、透明、无边的梦",然后,"毫不困难地转化为梦醒"(四月二十日帕斯捷尔纳克致茨维塔耶娃)。

把三位大诗人联结在一起的爱与诗,本质上是同一种东西,是一种近乎神性的存在,不能够向现实转化。它就像帕斯捷尔纳克眼中的茨维塔耶娃。"你绝对地美。你是梦中的茨维塔耶娃,你是墙壁、地板和天花板的存在类推中的茨维塔耶娃,亦即空气和时间的类人体中的茨维塔耶娃,你就是语言,这种语言出现在诗人终生追求而不指望听到回答的地方。你是广大爱慕者奉若神明的原野上的大诗人,你就是最高的自发人性,你不在人群中,或是不在人类的用词法('自发性')中,你自在而立。"(四月二十日帕斯捷尔纳克致茨维塔耶娃)它也像茨维塔耶娃心中的里尔克,他是诗本身,是"诗从中诞生的物",在里尔克之后如果还有诗人,那就应当是"再次诞生"的里尔克,茨维塔耶娃爱他,是把他"当作一个纯人的(神的)现象来接纳",

她追求的爱，是"无手之抚，无唇之吻"；正像她爱帕斯捷尔纳克，如同人们只爱"从未谋面或从未有过的人"（五月九日茨维塔耶娃致里尔克）一般。这样的爱只能以神性的诗的形式存在，无法坐实于万丈红尘的俗世。这同时也是诗人的存在形式，茨维塔耶娃在她和帕斯捷尔纳克共同敬爱的里尔克那里看到了诗人存在的完美显现：那是一道光，"在梦中，在梦的空气中，在梦的混乱和迫切中"（一九二七年一月一日茨维塔耶娃致帕斯捷尔纳克）的一道光。

帕斯捷尔纳克对茨维塔耶娃谈道（四月二十日信）："我忍不住要给你写信，却又想出去看一看，当一个诗人刚刚呼唤过另一个诗人时，空气和天空会有什么变化。"也许，空气和天空的变化只有纯粹的诗心和爱心才能感觉到，诗心与爱心撼动了空气和天空而且自身受到震撼。同时，也未尝不可以用里尔克为茨维塔耶娃写的《哀歌》诠释三诗人之间的一切——

诸神起先欺骗地把我们引向异性,像两个一半组成整体。

但每个人都要自我扩展,如一弯细月充盈为圆圆玉盘。

只有一条划定的路,穿过永不睡眠的旷野,
通向生存的饱满。

一九九二年二月

书简与照耀内心的光

冯至在《给一个青年诗人的十封信》(三联书店一九九四年第一版)的译序中说,"里尔克除却他诗人的天职外,还是一个永不疲倦的书简家"。这句话让我感触很深。里尔克一九二六年底去世,冯至说这句话是在一九三七年,而我想,在现在,做一个诗人是无比的艰难,比这更难的,是做一个永不疲倦的书简家。自然这似乎不太好比,但我想,当今之世,永不疲倦的书简家绝不会比诗人更多。

强调这一点有什么意义吗?我意识到它是一个象

征，象征着一个时代、一个时代的人心、一个时代的人与人之间的关系缺乏了什么。从另外一个角度看，我个人所认为的"缺乏"却可能正是时代所不需要的东西。没有不需要的东西，不会有特别的感觉，不会感到"缺乏"。实际上还可能不止一个时代，还很可能就是往后所有的时代，我担心永不疲倦的书简家会随着时代的"进步"而绝种。

以后谁是书简家里尔克？以后谁是那个幸运的年轻收信人？

十天前我又苦恼又疲倦地离开了巴黎，到了一处广大的北方的平原，它的旷远、寂静与天空本应使我恢复健康。可是我却走入一个雨的季节，直到今天在风势不定的田野上才闪透出光来；于是我就用这第一瞬的光明来问候你，亲爱的先生。

里尔克的信就是向那个青年诗人闪透出来的光；

今天我们读到它，它也是向我们闪透出来的光，穿过几乎是一个世纪的时间，照耀在有心承受者的身上。

必须是有心承受者。因为里尔克这十封信所讲，源于人的内心，向着人的内心，其内容，也正是关于人的内心。

里尔克强调："'走向内心'，长时期不遇一人——这我们必须能够做到。"我们最需要的只是居于"广大的内心的寂寞"。这是一种什么样的寂寞呢？儿童看见成人们来来往往，匆匆忙忙，好像总是做一些了不得的大事情，可是他们到底做的什么，儿童并不懂。我们所需要的寂寞就是"这样的儿童的寂寞"。"如果一天我们洞察到他们的事务是贫乏的，他们的职业是枯僵的，跟生命没有关联，那么我们为什么不从自己世界的深处，从自己寂寞的广处，和儿童一样把它们当作一种生疏的事去观看呢？"我们不需要把一个儿童聪明的"不解"抛开，因为"成人们是无所谓的，他们的尊严没有价值"。

艺术家当然并非是拒绝成长的儿童，对外界俗务的摈弃，是为了内心的生长，这样，"你的个性将渐渐固定，你的寂寞将渐渐扩大，成为一所朦胧的住室，别人的喧扰只远远地从旁边走过"。一切都是时至才能产生，所以艺术家不计算时间，因为年月无效；他"不算，不数；像树木似的成熟"，"让每个印象与一种情感的萌芽在自身里、在暗中、在不能言说、不知不觉、个人理解所不能达到的地方完成"。

我们每个人都应该向"个人理解所不能达到的地方"敞开，人不应为自己的有知而自负，而应时时怀着无知的谦卑。里尔克在给青年诗人的第一封信里，开宗明义道："一切事物都不是像人们要我们相信的那样可理解而又说得出的；大多数的事件是不可言传的，它们完全在一个语言从未达到过的空间；可是比一切更不可言传的是艺术品，它们是神秘的生存，它们的生命在我们无常的生命之外赓续着。"

但事实是，人对于超出自己理解界限的未知之域的态度大可检讨。视人类理解能力之外若无物,是愚蠢;对未知之域恐惧甚至于远而避之,是怯懦。而里尔克坚决地说道:"我们必须尽量广阔地承受我们的生存;一切,甚至闻所未闻的事物,都可能在里边存在。根本那是我们被要求的唯一的勇气……就因为许多人在这意义中是怯懦的,所以使生活受了无限的损伤;人们称作'奇象'的那些体验、所谓'幽灵世界'、死,以及一切同我们相关联的事物,它们都被我们日常的防御挤出生活之外,甚至我们能够接受它们的感官都枯萎了。关于'神',简直就不能谈论了。但是对于不可解事物的恐惧,不仅使个人的生存更为贫乏,并且人与人的关系也因之受到限制,正如从有无限可能性的河床里捞出来,放在一块荒芜不毛的岸上。因为这不仅是一种惰性,使人间的关系极为单调而陈腐地把旧事一再重演,而且是对于任何一种不能预测、不堪胜任的新的生活的畏缩。"

向新的、陌生的事物敞开,即等于让我们的"未来"

潜入我们的生命。我们必须有这样的时刻：让平素所信任的、所习惯的，都暂时离开我们，让新事物走进心房。"更好地保护它，它也就更多地成为我们自己的命运；将来有一天它'发生'了（就是说：它从我们的生命里出来向着别人走进），我们将在最内心的地方感到我们同它亲切而接近。并且这是必要的。"

《给一个青年诗人的十封信》写于一九〇三、一九〇四、一九〇八年，我现在抄着里尔克的话，看看四周。译者冯至评说梵高叫作《春》的一幅画，说到画中的那棵树，说它"四周是一个穷乏的世界"。好吧，还是让我们回到里尔克，听他说。我已经太饶舌了，幸运的收信人警告道："一个伟大的人、旷百世而一遇的人说话的地方，小人物必须沉默。"

一九九四年十月十四日

收信人

一九九四年，我去武汉采访，在全国书市上买到这册小书：里尔克的《给一个青年诗人的十封信》。当时就读了一遍。后来忍不住写了一篇《书简与照耀内心的光》记下自己深刻的感动。过了几年，我把这本小书当作自己最珍爱的东西送给朋友，现在，它在哪里，已经无从问起和牵念。

我在武汉住的地方离江边不远，散步过去，骇然看到一具尸体，脸朝下卧着，苍蝇集聚。显然是被江水冲刷上来的。偶尔有人走过，不经意地看上一两眼。

离尸体二三十米远低矮的杂草丛里，有一对男女，兀自亲热。阳光很好地照下来，照在这一切之上，照在我刚刚读过的里尔克之上。我感到强烈的迷乱。

二〇〇一年十月的一天，在复旦附近一家小书店二楼的架子上，我发现了三本《给一个青年诗人的十封信》，就都买了下来。学期快要结束的时候，我在课堂上专门讲了一次这本小书。

我的学生们，正是冯至七十年前在译者序里说到的那样的青年人，"人们爱把青春比作春，这比喻是正确的。可是彼此的相似点与其说是青年人的晴朗有如春阳的明丽，倒不如从另一方面看，青年人的愁苦、青年人的生长，更像那在阴云暗淡的风里、雨里、寒里演变着的春。因为后者比前者更漫长、沉重而更有意义。我时常在任何一个青年的面前，便联想起荷兰画家凡诃（Van Gogh）一幅题作《春》的画：那幅画背景是几所矮小、狭窄的房屋，中央立着一棵桃树或杏树，杈桠的枝干上寂寞地开着几朵粉红色的花。我想,这棵树是经过了长期的风雨,如今还在忍受着春寒,四周是一个穷乏的世界,在枝干内却流动着生命的汁浆。"

青春面临着种种问题和困难,渴求帮助。可是里尔克却说,没有任何一个人能帮助你,你要独自去承担、去成就。他说:"你是这样年轻,一切都在开始,亲爱的先生,我要尽我的所能请求你,对于你心里的一切疑难要多多忍耐,要去爱这些'问题的本身',像是爱一间闭锁了的房屋,或是一本用别种文字写成的书。现在你不要去追求那些你还不能得到的答案,因为你还不能在生活里体验到它们。一切都要亲身生活。现在你就在这些问题里生活吧。或者,不大注意,渐渐会有那遥远的一天,你生活到了能解答这些问题的境地。"

一般的人用因袭的帮助去轻易"解决"问题,可是里尔克教我们"必须认定艰难":"我们必须委身于艰难却是一件永不会丢开我们的信念。寂寞地生存是好的,因为寂寞是艰难的;只要是艰难的事,就使我们更有理由为它工作。"

譬如,"爱":"爱,很好:因为爱是艰难的。以人去爱人:这也许是给予我们的最艰难、最重大的事",所以要"去学习爱","去成熟","去完成一个世界,是为了另一个人完成一个自己的世界"。

"性"呢?"'性',是很难的。可是我们分内的事都很难;其实一切严肃的事都是艰难的,而一切又都是严肃的。如果你认识了这一层,并且肯这样从你自身、从你的禀性、从你的经验、你的童年、你的生命力出发,得到一种完全自己的(不是被因袭和习俗所影响的)对于'性'的关系:那么你就不要怕你有所迷惑,或是玷污了你最好的所有。"

"身体的快感是一种官感的体验,与净洁的观赏或是一个甜美的果实放在我们舌上的净洁的感觉没有什么不同;它是我们所应得的丰富而无穷的经验,是一种对于世界的领悟,是一切领悟的丰富与光华。我们感受身体的快感并不是坏事;所不好的是:几乎一切人都错用了、浪费了这种经验，把它放在生命疲倦的地方当作刺激，当作疏散，而不当作向着顶点的聚精会神。"

如冯至所言，里尔克"论到诗和艺术，论到两性的爱，严肃和冷嘲，悲哀和怀疑，论到生活和职业的艰难——这都是青年人心理时常起伏的问题"。多年前，我第一次读里尔克的这些信时，疑惑着是否可以把自己当成幸运的收信人；多年后读这些信给学生听，心里确实把他们当成了会从这些信中获益的收信人。一九三一年的春天，冯至读到这些信，禁不住翻译出来，为的是寄给远方不懂德文的朋友。一九三八年商务印书馆出版了中译本，四十年代译者曾听说，有一位中学的教员把它当作教材讲授。我手中的这册书是三联书店一九九四年重印的，不知道它引起了多少人内心的感念。

二〇〇二年二月四日，在老家

"不可能，花儿摆得那么美……"

我的那本《安魂曲》找不到了。理智上已经接受了这一事实，可时不时还是会去翻找。曾经在报纸上看到过香港的马海甸先生列的一份书单，那是他收藏的各种文字的安娜·阿赫玛托娃的作品以及关于阿赫玛托娃的著作，真正是琳琅满目。我徒生羡慕而已。我想，很多年以前，我们中国人认真学习过日丹诺夫的下流话，这位文艺官僚公开辱骂阿赫玛托娃一半是修女，一半是荡妇，很多年以后的现在，即使只是出于负疚的需要，也该出一套完整的汉译阿赫玛托娃诗集、出本像样的阿赫玛托娃传记吧？这当然是瞎想，我们是不会为这样的事负疚的。在苏联，对阿赫玛托娃的侮辱——也就是我们中国人熟悉的"批判"——是写进决议的，而且这决议还进了教学大纲，成为青少年教育的最生动的内容。我们只不过是跟着学习了一下而已。

这两年我读过次数最多的文章是约瑟夫·布罗茨基的《哀泣的缪斯》。想想也觉得有点不可思议，很多年都没有把一篇文章翻来覆去地读。我似乎想从中找出它所包含的所有关于阿赫玛托娃的信息。这个十七岁的姑娘所起的笔名，它的俄文拼法为AHHa AxMaToBa，五个开口的A具有一种催眠般的效果，它们将这个名字的承载者牢牢固定在俄国字母表的最前面。布罗茨基在一九八七年的诺贝尔文学奖受奖演说中两次提到这个名字，他不仅从她的诗中，而且在实际的生活和命运中从这位前辈诗人受惠。而她的命运，仿佛就是以惊人的美貌承受第一个诗人丈夫被秘密警察处决，另一个艺术史家丈夫死于狱中，儿子被监禁十八年，自己被排斥四十年。被剥夺的生活使她成了"哀泣的缪斯"，一个沉醉于写爱情诗的女人最终成了写出很多悼亡诗的寡妇和无助的母亲。布罗茨基说，与逝者的交谈，是防止话语滑入号啕的唯一途径。阿赫玛托娃的悼亡诗大多并不是用笔记录下来的，而是记录在诗人和她的几个朋友的记忆中，每隔一段时间，她便要见一见其中的几个人，请他或她轻声背诵这组或那组诗，"作为她清点资产的方式"——"在历史的特定阶段上，只有诗歌可以诉诸现实，将现实浓缩为某种可以触摸得到的东西，某种若非如此便难以为心灵所保持的东西。正是在这一意义上，整个民族举起了阿赫玛托娃这一笔名。"

但阿赫玛托娃即使不作为一个诗人，只作为一个普通人，她也是最优秀的——这是以赛亚·伯林的看法。一九四五年十一月在列宁格勒阿赫玛托娃家，前来拜访的伯林和她一夜长谈，语言交融欢洽，因为怕破坏当时的情境和气氛，这中间伯林甚至没敢去洗手间，只是抽得小雪茄的烟头在昏暗中一闪一闪。天大亮后，伯林返回旅馆，一头栽到床上，嘴里嘟囔道："我恋爱了，我恋爱了。"更重要的是，阿赫玛托娃帮助他发现和发出了他自己的声音——一个自由的捍卫者的声音，正是这一点，使他成为本世纪重要的思想家。

阿赫玛托娃还只有二十一二岁的时候，一九一〇年或者一九一一年，在巴黎，有一天，去看她的朋友，意大利穷画家莫迪利阿尼，他不在家。"我决心等他一会儿，我手中有一捧红色的玫瑰花。画室的大门锁着，门上那扇窗户却开着。我闲得无事可做，便把鲜花一枝枝抛进画室。没有等到莫迪利阿尼归来，我便走了。""当我们见面时，他表示万分惊讶：房间上着锁，钥匙还在他那里，我竟怎样进了他的屋。我把经过说了一遍。'不可能，花儿摆得那么美……'"

一九九九年四月十六日

附记：

这篇短文写成不久，看到从英文翻译的《阿赫玛托娃传》，阿曼达·海特著，东方出版中心一九九九年版；《阿赫玛托娃诗文集》，马海甸，徐振亚译，安徽文艺出版社一九九九年版。之后，又有《安·阿赫玛托娃传》，阿·帕普洛夫斯基著，四川人民出版社二〇〇〇年版；三厚册的《阿赫玛托娃札记》，丘科芙斯基卡娅著，华夏出版社二〇〇一年版；再后来，到二〇〇六年，汪剑钊写的《阿赫玛托娃传》由新世界出版社出版。

《菲雅尔塔的春天》

弗拉基米尔·纳博科夫（一八九九——一九七七）的长篇小说，我喜欢《普宁》；后来才读到使他名声大噪的《洛丽塔》，也许是太"美国化"了，或者说是对某种美国精神及其症候的戏仿与反讽亦无不可，总之不觉得特别好。短篇作品中我喜欢《菲雅尔塔的春天》，印象中一直以为是个中篇，翻出来查看了一下，不过两万多汉字译文；重又读了一遍，觉得我的印象原也没有什么错误，甚至可以说这部作品具有一部长篇那样的绵延不绝的艺术力量。

小说写于一九三八年的巴黎，应该算纳博科夫欧洲流亡时期的后期之作。作家没有刻意强调流亡生活的性质，我们甚至可能还没有意识到流亡，就进入那样一种生活中去了。一个叫尼娜的女人，一次又一次出现在我生活的边缘，十五年里我们不断邂逅，在柏林的客厅，法国的火车站，或者是在比利牛斯山脉旅游时。最后是在菲雅尔塔的春天。无论我发生了什么，她发生了什么，我们之间从未讨论过任何事情，就像我们在我们命运的间隔中从未想过彼此。相遇时，生活所有的原子微粒重新组合，我们于是生活在另一个时间中介，一场短暂的、看似无足轻重的生活因此而人为地形成。就像永远是在火车站里，一切事物都是颤抖在其他事物的边缘，这就要及时抓住它并珍爱它。漫长的时间之流里，我一直接受着尼娜的生活，那些谎言，那种无聊，那种生活的嘈杂声。若不，我又能对你做什么呢，尼娜，我怎么能丢掉那些悲伤的蓄存呢，它作为我们看似无所谓、其实真的很无望的相聚的结果，已经渐渐堆积了起来。

事实是，每次相遇，都要从上一次谈起，而最初最深的回忆是俄罗斯。那是一九一七年左右，深冬时节的某次晚会后，在白茫茫的野地里，我走在人群的最后，滑了一跤，尼娜转过身来——我吻她的脖颈。直到她抱紧我。尼娜那时已经订了婚。正是因为有了缠绕在私人回忆里的俄罗斯情景，这篇小说才散发出莫可名状的哀伤和沉痛。

纳博科夫在小说中说："就我个人而言，我从不明白空造书籍、撰写那些并未以任何方式真正发生过的事情有何益处……如果我是作家，我就会仅仅允许我的心灵拥有想象力，让其他一切都依赖于记忆，记忆是一个人的个人真实所拖下的长长的落日余影。"

一九九六年六月十三日

托马斯·曼的几篇艺术家小说

水仙花神那喀索斯的故事在一般的理解里是自恋者的画像，在另外一种更积极的意义上，它却代表了极端的自省精神。德国作家托马斯·曼在本世纪头十余年里创作的一系列关于艺术家的小说，大多具有精神自传的性质，它们正是在后一种意义上显示出独特的价值。

真正的艺术家，按照《托尼奥·克勒格尔》的主人公的体认，是命中注定要受到诅咒的，"文学根本不是什么职业，而是一种诅咒"。艺术家明显的标记就是要跟平凡的人对立起来，拒绝庸常的生活，生活同时也就把他排斥在外。"谁在生活，谁就不能写作，只有死气沉沉的人，才能成为一个创作家。"托尼奥一直处在这样极端的二元对立中：他自幼具有艺术禀赋，成为作家，但写作在他看来是一种缓慢而无情的虐待，献身艺术的人生被认为是"死"的，生命却普通又平凡，存在于不需要内在深度的生活中。面对这样的生命，比如他早年爱慕的两个对象，托尼奥自始至终怀着自卑、妒忌的感情，其中还混杂着不屑。生活是一场热热闹闹的舞会，艺术家托尼奥是带着复杂心理躲在阴暗角落里的旁观者，一个习惯于孤独又不安于孤独的沉思冥想的人。

《特里斯坦》里的作家史平奈尔的形象强调了艺术家这样的一面：追求纤尘不染的神圣美，要充当这种美的保护者，以精神和文字做武器向美的永恒死敌——庸俗的生活——复仇。史平奈尔向生活显示了一种异己的、陌生的力量，但嘲讽地，他貌似勇敢的宣战却掩盖了内心深处的逃避，与托尼奥相比，他缺少直面自身、彻底自省的勇气，艺术被当成了在生活中失败与挫折之后逃跑的借口，被当成了栖息之所。

对于美和艺术的追求，对于生活激情的渴望，在曼的经典之作《死于威尼斯》中得到了非常精美、细致的表现。一方面，艺术与生活之间那种如同生与死一般的分裂被一再重复：艺术的信徒到头来"变得吹毛求疵，过分琢磨，疲乏困倦，神经过敏，而纵情声色的人们是不致落到这步田地的"。另一方面，这种对立和分裂却在功成名就的作家古斯塔夫·阿申巴赫生命最后的一段时光中被弥合与统一起来。阿申巴赫被一个陌生人撩起漫游的欲望，停止了正在进行的写作，来到威尼斯。在这个浪漫的城市，他爱上了一个十四五岁的男孩塔齐乌。塔齐乌既满足了阿申巴赫的压抑得几近淡忘的生活欲望，本身又就是美与艺术，秀美的外貌和天使般的纯净可爱，令阿申巴赫觉得"无论在自然界或造型艺术中，他从未见过这样精雕细琢的可喜的艺术作品"。小说中反复把塔齐奥比作精美的艺术品，具有生活与艺术沟通融合的象征意味，艺术家相反方向的心灵追求的紧张度消失了，体验到"合一"的至高无上的快乐。灵性与肉体的交往，产生出极不平凡的时刻，阿申巴赫被塔齐乌的美所唤起的不可抗拒的力量驱使，去写闪耀着爱神光辉的文章。"世人只知道他这篇文章写得漂亮，而不知它的来源及产生作品的条件"。

上面谈及的三篇小说都收入中译本《托马斯·曼中短篇小说集》（上海译文出版社一九八〇年第一版）。曼艺术家主题的小说还有《殿下》《菲力斯·克鲁奥》等。《死于威尼斯》完成后第三年，第一次世界大战爆发，水仙自照的清水搅混了，炮火与灾难一时转移了抉心自食的作家的视线。但抉心自食的文学方式不可能改变，一九二四年长篇小说《魔山》发表，是一个大证明。它同时证明托马斯·曼一生对歌德的崇奉也正是对一种艺术观念的崇奉，对此歌德是用非常朴素的语言表达的，而曼把它作为座右铭："如果想要给后世留下点有用的东西，那必须是坦诚的内心的流露，必须把自身放进去，写出自己真实的想法和观点。"

一九九二年夏

在定名之外

接受卡夫卡意味着接受什么？真假研究家和读者制造出来一些名词：疏离、异化、荒诞、俄狄浦斯情结、超现实主义、表现主义，如此等等。卡夫卡被定名，于是我们接受了这些定名，以为接受了卡夫卡。有个定下来的名字，就心安理得了，就免除了面对莫以名状的事物时可怕的焦虑。有名，才好对付，才能掌握，才容易为我所用。于是，我们就给卡夫卡定名。定名自然并非全然没有道理，但一个完整的卡夫卡就给切分成了两半：一半是定名的部分，我们以为我们能够理解，因为我们本来就是用自己理解的名词加在一个未知的事物或人物头上的；另一半，一个作家最独特最宝贵的东西，则游荡于定名之外，在人类视域未及的黑暗地带自由游荡。

卡夫卡的遗稿未被按照他的嘱托焚毁，却在他死后像模像样地整理出版，当年布拉格一个凡是人皆可不理的保险公司的小职员，今天被发现是与我们的时代关系密切的大作家，社会真是大大地进步了，进步到凡是人皆可把卡夫卡挂在嘴边做一己的思想观念、文学见解之装饰的程度，真可谓日新月异，须再三刮目了。但我想，我们是不是可以掉转看社会的眼睛来看卡夫卡呢？既然没被烧掉的作品放在熙熙攘攘的社会中，既然它在逼视我们的眼睛，我们的心灵。

为什么一定要说卡夫卡随手写下的东西，有些像散文，有些像微型小说，有些像诗呢？难道在那些已知的文类如小说、散文、诗等等之外，就不存在写作了吗？难道任何一种写作都是一种类的写作？在已有文类的间隙中写作,或者根本就在乎这种后于写作的界限的自由写作,就一定不允许存在吗?写作,人类精神活动自由的创造活动,也一定要"名正言顺"吗?我们必须再问:接受卡夫卡,意味着接受什么?

想起一位中国现代作家的话,似乎多少可以表达面对卡夫卡的一种情境、一分情绪:

> 或是昏黄的灯光下,放在你面前的是一册杰出的书,你将听见里面各个人物的独语。温柔的独语,悲哀的独语,或者狂暴的独语。黑色的门紧闭着:一个永远期待的灵魂死在门内,一个永远找寻的灵魂死在门外。每一个灵魂是一个世界,没有窗户,而可爱的灵魂都是倔强的独语者。

一九九二年

打开暗室之门

在给爱德华·加尼特的一封信中，D. H. 劳伦斯使用了"边缘人"的概念，并予以自己的界定："所谓边缘人，就是那些处于人类相互理解边缘的人，他们始终在拓宽着人类知识的新领域——以及人生的领域。"读《劳伦斯书信选》，一个十分强烈的印象是：这个"定义"完全浸透了劳伦斯自身的人生经验和生命感受，因而，自然地我把对抽象的"边缘人"的理解叠印到劳伦斯身上，而正是对劳伦斯"边缘性"的理解与体认，才能够通向这颗叛逆、敏感、孤独的灵魂深处。

　　劳伦斯时常陷入对不被理解乃至遭受指责、谩骂的沮丧与愤慨之中。一九一二年，他和后来成为他终身伴侣的有夫之妇弗丽达的私奔，不仅使他们被社会道德拒斥于理解之外，而且极大影响了对劳伦斯的整体品格和劳伦斯作品的认识与评价。长篇小说《彩虹》的被查禁，一定意义上标示了当时社会对处于边缘位置的作家作品的态度和理解程度。

　　人类生存于无限之域，人类的认知却总是处于某种限度之内，这个限度之外的一切对于人类来说是一片茫茫的黑暗。在人类集体潜意识之中，对这种未知的黑暗的恐惧是十分巨大的，芸芸众生总是有意无意地回避这种恐惧，思、言、行圈子狭窄的已知领域，一次又一次重复各种各样的固有经验模式，以换取安全与舒心的感觉。但是人类认知领域的扩大永远需要勇敢者向与人俱在的潜意识恐惧挑战，用高度的智慧去烛照那未知的黑域，阔开人生活动的空间。这样的人就是"边缘人"。"边缘人"在社会关系中的位置和命运，实质上是他们不安于在社会已有的规范、禁忌内活动的结果，他们偏偏要挣扎着打破禁忌，冲出这个规范，以整个人类的前卫的姿态，在始终拓宽人类知识和人生的新领域。边缘性主体的核心也正在这里。劳伦斯的一句愤慨之言不期然正含有——或者说象征了——这种边缘意味："我宁肯逃往天涯海角，也不愿朝这个世界的大都会走去。"

具体说来，劳伦斯的边缘探索主要是基于工业文明压抑、抹杀人的自然本性的异化现实，旨在通过调整和创造两性关系而实现一个和谐的社会理想，达至完美的人生境界。向边缘突进必然要遭遇禁忌规范的对抗，然而劳伦斯在承受不被理解的宿命的同时，固执着边缘精神的叛逆和开拓，他宣称：

> 至于我本人，我正直诚实地进行创作，并诚挚地相信，人类意识现在迫切需要自由地打开通往对

"性"产生恐惧的暗室之门——当然并不存在实际意义上的恐惧暗室——我感到语言需要摆脱在词语和表达方式上的各种人为的禁忌。所有这些禁忌和关闭之门只能制造社会的愚昧。(一九二九年五月致斯派泽)

劳伦斯谢世距今已有半个多世纪了,五十多年前的边缘在今天就不应该再是边缘,历史不应该是静止、停滞的。如果我们必须面对各种各样愚昧的禁忌(不仅止于性),那么打开因此而建造的"恐惧的暗室"就是"边缘人"劳伦斯具有永恒意义的启示。由此我们可以感知边缘的敞开性,用布罗茨基的话来说,就是:"边缘不是世界结束的地方,而正是世界阐明自己的地方。"

一九九一年

土星式英雄的迷失艺术

瓦尔特·本雅明说:"我的星宿是土星,一颗演化最缓慢的星球,常常因绕路而迟到。"本雅明回忆童年时代和母亲一起散步,母亲常用无足轻重的事情检验他应付实际事物的能力,而他故意表现出笨拙和缓慢来对抗测验,这种作法久而久之真的强化了他性格中的笨拙,并且使他身上那种梦幻般的倔强变得根深蒂固。"在我身上,那些似乎比事实上的我更迟缓、更笨拙、更愚蠢的习性显然根植于那些散步,并且它还伴随着另一种危险:在内心里,我始终觉得自己比真正的我更敏捷,更灵巧,更聪明。事实上,我连一杯咖啡都煮不好。"本雅明用辉煌的方式描写了一些土星气质的作家:波德莱尔、普鲁斯特、卡夫卡、卡尔·克劳斯,而他自己也因为对精神生活的捍卫被称为现代文化中的土星式英雄。

土星式英雄掌握了一门迷失的艺术,这门艺术闪现着奇异的光彩,散发出蛊惑人心的魔力,与它有缘的人不由自主地浸淫其中。苏珊·桑塔格为《单向街》英译本写的序言中指出,本雅明作品中经常出现的隐喻,如地图、记忆、梦境、迷宫、拱廊、狭长的街道、宽广无边的远景等,呈现了一种独特的城市幻象和特殊的生活。在《柏林的童年》一书中,本雅明写道:"在一个大都市里,找不到路固然讨厌,但你若想迷失在城市里,就像迷失在森林里一样,则需要练习。……我在生活里很晚才学会了这门艺术,从而实现了我童年时代的梦想。那时,我把吸墨纸上杂乱的墨迹想象成迷宫。"必须经过反复练习才能学会迷失,"巴黎教会了我迷失的艺术"。苏珊·桑塔格说，本雅明的最终目的是要成为一个非同一般的识地图者，知道怎样迷失，也知道怎样借助想象的地图确定自己的位置。本雅明曾绘制了一张个人生活经历的图表，看上去像一座迷宫，其中每一个重要的社会关系都是"一个通向迷津的进口"。苏珊·桑塔格认为："关于迷宫的隐喻也暗示出，由于气质的原因本雅明给自己的生活设置障碍的倾向。"这甚至是一种不可遏制的需要，本雅明谈卡夫卡时把这种需要表述为：追求"失败的纯粹与美感"。

卡夫卡自己的表述还要强烈："他有这个感觉，他通过他的存在堵住了自己的道路。由这一阻碍他又得到了证明，他活着。""他自己的额骨挡住了他的道路，他在自己的额头上敲打，把额头打得鲜血直流。"

阿多诺有这样一个概括："如果本雅明认为迄今为止的历史总是按照胜利者的观点来写的，因此需要从失败者的角度来写的话，我们就可以补充说，知识的确必须提供成功和失败的直线性继承关系，但也应顾及到那些不为发展所包括的事物，以及那些因脱离了辩证过程而被称为废品或盲点的、失落在路边的东西。虚弱、离题、偏执、幼稚，这些都是失败者本性的表现。"

一九九六年七月七日

他被阅读的大雪覆盖得异常苍白

在我迷恋的少数作家中,瓦尔特·本雅明(Walter Benjamin)是我所知有限却沉湎甚深的一位。我出第一本论文集时,书名取作《栖居与游牧之地》,以此来表达我与文学之间的关系:"文学就其小而言,是我的家,是我居住的地方和逃避之所;言其大,则是空旷辽阔生机勃勃的原野,我的感受、思想、精神在这原野上自由游牧,以水草为生。"因为说的是实话,所以也不觉得难为情。后来一个偶然的机会,发现本雅明曾经表述过同样的意思,而且用的语言和意象极其相似。这是在苏珊·桑塔格（Susan Sontag）为《单向街》英译本（*One Way Street and Other Writings*）所写的序言里看到的：

> 一本书不仅是现实世界中的残简，同时也是一个自成一体的小世界。或者说，书就是对世界的缩小，读者栖居其中。在《柏林记事》中，本雅明回忆起童年时的感受："你从来不是在阅读书籍，而是住在里面，闲荡于行与行之间。"通过读书，一个孩子的胡言乱语最终变成了写作。

我不知道如果早一些时候看到了这段话，我还会不会取那样一个书名；但可以肯定的是，如果我还是取那样一个名字，我会借用这段话来表达自己的切身感受而不是直接把它呈露出来。朋友们越来越不满意我用别人的语言表达自己的方式，我无从辩驳。周作人说抄书很不容易，那是披沙拣金的工作。周作人是很自信的，可是我们怎么敢肯定自己拣出来的是金子而不是沙子呢？而且，就说自己吧，往往更感兴趣的是沙子，未必就是人见人爱的黄金。

我告诉朋友，引文给予我的是一种自身被印证、被扩充、被援手、被解救的亲密的幸福感。朋友不理解这种幸福感何所指，我就换一种说法，说引文所带来的幸福感就类似于传播谣言的快乐。本雅明不会愿意像我这样出此下策来解释，他在《单向街》"中国古董"那一则文字里，极尽耐心地说道：

> 一条乡村道路具有的力量，你徒步在上边行走和乘飞机飞过它的上空，是截然不同的。同样地，一本书的力量读一遍与抄写一遍也是不一样的。坐在飞机上的人，只能看到路是怎样穿过原野伸向天边的，而徒步跋涉的人则能体会到距离的长短，景致的千变万化。他可以自由伸展视野，仔细眺望道路的每一个转弯，犹如一个将军在前线率兵布阵。

一个人誊抄一本书时，他的灵魂会深受感动；而对于一个普通的读者，他的内在自我很难被书开启，并由此产生新的向度……中国人誊抄书籍是一种无与伦比的文字传统，而书籍的抄本则是一把解开中国之谜的钥匙。

其实本雅明有一个更实质的说法：

> 我作品中的引文就像路边的强盗，手执武器跳将出来，把一个游手好闲者从自我的桎梏中解救出来。

除了赞同，我正好还有一个与这个了不起的说法恰恰相反的想法，我觉得我这个想法里的引用者别具魅力：把引文从它们的上下文环境中强行拖拉出来，使它们从上下文的限制中脱离，正如人有时也会通过某种方式从单调乏味的日常生活的束缚中脱离出来一样。这个想法不够谦恭文雅，把引用者打扮成了绿林好汉，如果用来说自己，庶几类于王婆卖瓜；如果用来指别人，大概几乎没有什么人愿意戴一顶打家劫舍的强盗帽子。话既然已经说到了这里，就索性再胡乱多加一句：钱锺书与引文之间的关系或者近乎于此。

正在对自己的想法暗自得意之际，又看到本雅明不知不觉转到了自己思想的背面——正反的想法他都占了。考虑到他的一个不同凡俗的理想，也许就不会对此感到惊讶了。可是这个理想却足够让人惊讶的，它是：写一部全部由引文构成的书。

从这个德国犹太人身上，我们可以发现阅读、引用和写作之间的同一性，而通常我们是在这之间做了清晰划分的。正像占有房子的最好办法是住在里面，占有和理解书的最好办法也是进入书的空间内，阅读、引用和写作都应该是在书的空间内进行的。本雅明曾经描述过这样的阅读情形，我们可以看作是他自己的童年经验，也是一幅特征鲜明的自画像：

整整一个星期你沉浸在书籍柔软的纸页里，那些文字就像秘密地重重叠叠一刻不停地环绕着你飞舞的雪花，你带着无限的信任走进去。书中的静谧愈来愈深地吸引着你，而书的内容似乎无关紧要，因为阅读的时候你仍旧在床上编着自己的故事。孩子总是沿着半隐藏的途径寻找自己的道路；阅读时他甚至两手堵着耳朵。桌上的书对他来说总是太高，而且总有一只手遮在上面。对于他来讲，书中英雄的历险甚至可以在旋转的字母里呈现，就像飞舞的雪花里隐藏的人物和故事。他和正在讲述的故事里的人物呼吸着同样的空气，和他们经历着同样的生活。他与书中人物的关系要比成年读者紧密得多。他被书中人物的命运深深地感动了，那种强烈的感觉是难以用语言形容的。从床上起来时，他被阅读的大雪覆盖得异常苍白。

人们普遍自信是他们的阅读激活了书籍，是读者使书活了起来。在书虫——本雅明当然是一个代表——看来,这种说法完全不对,因为他们深知,并非书因人而活,而是他们活在书里面。我的一个朋友编了一本本雅明谈书的书,我对这个朋友提议,把这句话印在封面或扉页上——

他被阅读的大雪覆盖得异常苍白。

一九九七年九月八日

袜子的内容和形式

讲文学的人，告诉我们，文学的内容比形式重要。这个好理解；又有人说正相反，形式比内容重要。这个也好理解。还有人说，这有什么好争的，其实内容就是形式，形式就是内容，内容和形式是一回事，分不开。这个就有点儿不好理解了。

怎么就不好理解了呢？既然有人发明了内容和形式这么两个名字，在"直观"上就是两个东西，这两个东西怎么就是一个东西呢？我们在"理智"上可以明白，但我们的"直觉"怎么能接受呢？假设在这两个名词发明之前有"文学"这么一个东西，那它就是一个东西；可是一旦发明了那两个词来谈它，它就没办法再浑然一体了，这两个词缠上了它。这两个词当然就是两种力量，有时候是把文学往相反的方向撕扯，有时候也会同心同德，劲往一处使。但我不经意间读到一个人写他童年时候的一个游戏，忽然明白在"直观"上也能够把内容和形式就看成是一个东西。这多少有点儿奇妙。

这个人是本雅明，这本书是《驼背小人——一九〇〇年前后柏林的童年》，上海文艺出版社二〇〇三年出的，徐小青译。这个书名里的"驼背小人"是中译本加上去的。近来我接二连三地提起这本书，那是因为，这本书，正像刚刚说过的，有点儿奇妙。

这一段童年经验是这样的：

"我必须伸到柜子里最深的角落，然后才摸到了我的袜子。它们按照人们习惯的方式卷着堆在一起。每双袜子的样子都像一个小兜子，没有比把手伸到兜子的最深处更有趣的了。我这样做不是为了暖手，吸引我伸到兜子深处的，是它里面被我抓在手里的那个'兜着的'东西。如果我用拳头把它攥住，努力确定了自己确实拥有这个柔软的毛线团，揭晓这个游戏的第二部分就开始了。这时我着手把那个'兜着的'东西从它的毛线兜子里拉出来。我把它朝自己越拉越近，直到那件令人惊愕的事情发生：我把那个'兜着的'东西翻出来了，但是本来装着它的那个'兜子'却不翼而飞。这个过程我反复尝试，总也试不够。"

现在，你也明白了吧？本雅明说："它让我领悟到，内容与形式，包裹和被包裹住的其实是一体的。它指导我从文学中小心地发掘真理，就像孩子的手小心地把袜子从'兜子'里拉出来。"

主要还不是明白，而是眼睛看着，"直观"上就是一个东西。

二〇〇三年十一月五日

反对审美化

本雅明在《机械复制时代的艺术作品》中指出,政治美学化是把国家看作一件艺术品,对待人就像对待艺术品的原材料一样,可以任意控制,随便扭曲,就像舞者必须遵守舞蹈的规则和形式。而这,就是法西斯。

《机械复制时代的艺术作品》第一稿的第十九节和第二稿的后记对此的论述,在下引的文字上是相同的:"法西斯主义一贯地使政治生活审美化。""'崇尚艺术——摧毁世界',法西斯主义说道,并像马里内蒂所承认的那样，从战争中期待那种由技术改变之意义所感受到的艺术满足。显然，这是为艺术而艺术所达到的完美境界。从前，在荷马那里属于奥林匹克神的观照对象的人类，现在成了为自己本身而存在的人，他的自我异化达到了这样的地步，以致人们把自我否定作为第一流的审美享受去体验。"

本雅明的矛头，特别指向未来主义者马里内蒂的所谓"战争美学"，而技术复制时代，为这种"战争美学"提供了"原则"。

可是时代的"进步"日新月异，这几年世界范围内方兴未艾的文化研究，所处的已是数据复制时代。不可抗拒的国际化趋势使得文学和艺术越来越失去其地区性渊源的特征，特别是通俗文化，简直达到世界大同的地步了。文化研究针对此种形势，强调从作品和文化的具体语境中加以理解，唯其如此，才能最好地理解和最充分地体现作品和文化的价值及其在世界上的位置。"这并不是指一件艺术作品在被移置到一个新的语境时就失去了它的价值，"J·希利斯·米勒在他关于文化批评的著作中谈到，"但是在那种移置中最好不要脱离对创造者的主体位置的理解。那样做就势必会有使作品滥情化或审美化的危险。"少数民族的文化和艺术品就常常会被完全地置原来的语境不顾，变成审美消费的新奇古怪的玩具，比如墨西哥裔美国人壁画的复制品。而每件文化艺术品，都应该被视为具有表述功能的言语事件，也就是一种以语言文字进行行动的方式，而不仅仅是作为审美对象存在。在美国，文化研究希望通过对大学体系的改造，削弱和摧毁占统治地位的文化，从而使处于边缘状态的少数族，同性恋者，和所有处于不利地位的、沉默无言的、没有权力的人获得权力。文化研究的政治性由此显而易见。文化研究的一个目标，就是要给予那些脆弱的、处于边缘的文化和生活方式一种强大的自我决定力量。这显然不是审美化所能具有的抱负。

但是，美学王国往往因为要捍卫美学领域的特殊性而反对文化研究，但又常常自觉或不自觉地把所谓的美学的特殊性变为跨越不同种族和文化的普遍标准。对这种既普遍又特殊的美学领域的捍卫，常常产生出命令式的文学理论和批评，比如，米歇尔·里法泰尔（Michael Riffaterre）就说过，只有当一个本文解语境化（decontextualized）时，它才是真正的本文，而理论的任务就是确保一个本文"让结果永远废除，让原因永远消失，让它对它所反映的环境的记忆永远抹掉"。

来自美学王国的命令是不是愿意看到这样的现实：审美化常常与文化商业主义并行不悖，甚至互相勾结。巴塞尔姆在《白雪公主》提到的塑料野牛块，只不过是一种美洲野牛与众不同的形体面貌的廉价复制品，是大众文化的破烂货，却因为所谓的审美化需求而大量制造和销售。审美化能使有价值的东西变得毫无意义，也能使毫无价值的东西看起来似乎是必须的一样。

一九九六年六月二十三日

垃圾之歌

　　唐纳德·巴塞尔姆的小说《白雪公主》中最著名的一段是关于垃圾的：垃圾的人均产量从一九二〇年的每日二点七五磅上升到一九六五年的每日四点五磅，以大约每年百分之四的比例增长。这个比例一直在上升，用不了多久就会达到百分之百这一点。其时，问题已经从处理垃圾转为鉴赏其特性，因为它就是一切，再也不会有任何"处理"它的问题，而我们只得学会如何"喜爱"它。甚至，要"走在垃圾现象的前沿，它是翻转过来的未来面貌；也正因为这一点，我们对语言的可以被看作垃圾现象的一种模式的那些方面给予特殊的关注"。

时至今日,多少有些证实了巴塞尔姆的预言。有一天,我在办公室里问一位同事,他每天吃的袋装食品都是些什么东西。他报出一连串千奇百怪的名字,知道我弄不懂也记不住,就一言以蔽之曰:垃圾食品,好吃,却没有什么营养。文化产业制造的大多是这类属性的东西,没有价值,却挖空心思挑逗大众的胃口。在垃圾堆中,你无处可逃,于是就诞生了支持和引导垃圾生产的理论。

有一种后现代的文化理论有时就给人这种印象。它教育我们不要用以前的眼光看待周遭的现实,就像不要用以前的眼光看待食品,我们不仅应该适应现实,而且要为现实做出强有力的辩护——后现代理论本身已经够混乱的了,我们还是不要再添乱,不去说它为好;就说时新的文化批评吧,它向传统的人文研究挑战,试图打破以往公认的经典作品谱系,跨越学科界限,要命的是，它倾向于认为，作为文化反映的文化产品，往往比文化创造的艺术更重要。极端的例子，认为垃圾比艺术更重要。

J·希利斯·米勒在《图解》一书中指出，文化研究使阅读方式发生了变化，"当我们在读一则广告或一个肥皂剧而不是一首诗、一篇小说或哲学论文时，有些变化包含在读的过程中"。文化研究的阅读方式主要是主题性、释义性和诊断性的，米勒描述道："就像一位内科医生或精神分析医生为确诊一桩麻疹或精神分裂症病例要快速检查病人身体或心理病状的细节，以实施急需的治疗，文化研究的实践者们则也时时飞快地检查作品的明显特征，对其加以诊断。其阅读取向更多地关心的是文化而不是作品本身……"这一描述中颇能引人会心一笑的是文化研究者"急吼吼"的样子。

巴塞尔姆在《白雪公主》中实践了一种新的美学：用"垃圾语言"——广告语、陈词滥调等——来建构小说。有专家惊叹道：巴塞尔姆把"垃圾"转化成了一种新型的诗！

实际上，把垃圾转化为诗，我们还可以举出更有说服力的例子。我的一位朋友曾经设想，剪辑、拼贴现在的一份发行量很大、广受市民欢迎的报纸，就可以"制造"出一部很有意义的长篇小说。这个设想早就有人付诸实践了。生于一八七四、死于一九三六年的奥地利著名诗人和社会评论家卡尔·克劳斯在第一次世界大战期间创作了不朽的纪实性戏剧《人类的末日》，它以"引语"的方式表明：一个时代最不堪的东西只能由该时代自身说出，克劳斯想做的是以新闻报道之类的速朽材料为他的时代塑造耐久的雕像。《人类的末日》运用声音蒙太奇，把几百个人物的"声学面具"呈现出来，同时也就呈现出一幅惊心动魄的时代情景，有人把这幅情景描述为："一个世界简直就是一路高谈阔论着走向死亡。"

一九九六年六月二十日

看爸爸妈妈谈恋爱

前几年,我读夏济安的《现代英文选注评》,读到德尔莫·舒华兹(一九一三——一九六六)的一篇《责任从梦想中开始》,题目一本正经,内容荒诞有趣,夏先生译题为《君子好逑》。也许是因为夏先生注评得太好,让我感触很深,就动手把它译了出来,大约只有三千字光景吧。一位朋友兴致盎然地把译稿拿到她其时供职的某杂志,却终究没有登出来,译稿也未还,令我至今想起来遗憾不已。

小说写:我坐到电影院里,银幕上出现的是父亲。

他正穿过星期日安静的街区，去找他的恋人。父亲到了母亲家里，显得笨手笨脚，不免有些窘，外祖父心里掂量着他够不够格做大小姐的好丈夫。好在他们很快就从家里出来，父亲活跃起来，告诉母亲他挣了多少钱，夸大了一笔本来用不着夸大的数目。他们神思恍惚地盯着大海的时候，我大声哭了起来。旁边座位上的老太太拍拍我，说："年轻人，这只不过是电影罢了。"过了一会儿，华尔兹舞曲响起，人们疯狂地旋转，父亲提起勇气，又兴奋又困惑地向母亲求婚。母亲哭着说，她一直都在等这句话。我站起来大声喊道："你们现在改变主意还不晚，这样不会有什么好结果的。"管理员过来干涉，我只好坐下，却不忍再看银幕上会出现什么更可怕的事。后来父母吵了起来，我大为着急，嚷道："他们在干些什么呢？他们不知在干什么吗？"管理员把我拖出了电影院。我从梦中醒来，正是景物萧索的冬天的早晨。今天是我二十一岁生日，窗槛上堆了一层雪，闪闪发光。

我读这篇小说的时候年龄正与叙述者相当,虽然未必如说梦痴人"面对人生现实,心中为之怵然,戒慎恐惧之念一动,不觉悲从中来",却也难免有些肤浅的体会。说梦痴人想的是,要是没有父母恋爱结婚,就不会有我,但现在,如济安先生所说,"人生的担子非硬着头皮挑下去不可了。怅惘和恐惧之感恐怕是难免的"。

夏济安又说:"醒来了就不必做梦了,在此寒冷清明的清晨,还是坐起来吧。"

一九九六年六月十三日

父亲坐在黑暗中

夏济安先生讲评德尔莫·舒华兹的小说《责任从梦想中开始》，对于一个青年观看关于自己父母恋爱结婚的电影这样一个荒唐的故事，不禁感慨道："父母恋爱结婚，生儿育女，这事也平常得很，但是转瞬之间，儿子已经二十一岁。要说奇怪，人生的神秘恐莫大于此。"

如果从普遍的意义上来理解这一短篇小说，我们自然可以把它的内涵看成是一个人初成年时所感到的惶惑和忧惧。不过未免显得宽泛。舒华兹是美国犹太作家，在他的短篇小说中，第一代移民美国的犹太人和第二代之间的冲突是最经常的主题。同样是出身犹太移民家庭的著名评论家欧文·豪观察到，这两代人之间的裂痕在德尔莫·舒华兹的小说中特别大，故事的主角通常是知识分子或未来的知识分子，"没有哪里能像在舒华兹的小说中那样，把这种冲突的喜剧性绝望和痛苦描绘得那么好，也没有人像他那样如此多地从内部描绘了知识分子们的矛盾心理"。《责任从梦想中开始》就以一种鲜明的方法描述了两代人之间的分歧。青年坐到电影院里，看父母恋爱。时光重现了，他高声警告他们将要犯可怕的错误；可是电影院里的管理员严肃地警告他不要干扰。时光再现却并不意味着生活和命运能够改变。

两代犹太移民之间的距离，无论如何不能消除，可是如果双方都能真正设法去了解和沟通，他们可能会承认，各自有各自的理由和方式。有一篇小说非常令人感动，题为《父亲坐在黑暗中》，作者杰洛姆·魏德曼,和舒华兹同出生于一九一三年。父亲喜欢一个人在黑暗中静静地坐在厨房的椅子里,吸着烟斗。全家人都睡了,父亲还在那儿坐着,吸烟,沉思。"你为什么还不睡,爸爸?""就睡,儿子。"可是父亲仍然坐在那儿,吸烟,沉思。"你在想什么,爸爸?""没什么,只是休息一会儿,就这样。"父亲说话的语调平静,让人放心。一天又一天,父亲总是独坐到深夜。一次,儿子睡醒了去厨房喝水,拉亮灯,父亲一下子跳了起来。"怎么了,爸爸?""没什么,我不喜欢灯光。""为什么你在黑暗中坐到这么晚?"父亲说:"这样挺不错,我不习惯电灯光,我在欧洲还是个孩子的时候,我们没有电灯。"儿子记起父亲童年在奥地利的故事。"爸爸,你的意思是没出什么事?你坐在黑暗中,只是因为你喜欢这样吗?爸爸,你在想什么?""没什么,"父亲柔声说道,"没什么特别的事。"

欧文·豪在他的皇皇巨著《父辈的世界——东欧犹太人移居美国的历程以及他们发现和创造的生活》

的结尾说道:"我们不可能是自己的父辈,也不可能过母亲的生活,但我们可指望他们的经历作为严正的典型和纯洁的信仰。"

一九九六年七月十八日

河的第三条岸在哪里

巴西作家若昂·吉马朗埃斯·罗萨（一九〇八——一九六七）的小说《河的第三条岸》译成汉语，不足四千字。我特意查了一下，也斯编译《当代拉丁美洲小说选》收录的十篇小说中，就有《河之第三岸》，书是台湾环宇出版社一九七二年出版的。我读到这篇小说是在九十年代初的一个晚上，由我友乔向东译的。乔向东把译稿拿给我看，我清晰地记得他谈起这篇作品时，声音不住地颤抖。

小说以第一人称叙述——父亲是一个尽职、本分、坦诚的人，并不比别人更快乐或更忧郁。有一天，他去订购了一条船，自他踏上船，就再也没有回来。其实他哪儿也没去，就是在离家不到一英里的一条大河里划来划去，漂来漂去。人们都吓坏了，从未发生过、也不能发生的事现在却发生了。母亲请来牧师到河滩，想驱走他身上的魔鬼，又叫来士兵，想吓吓他，但都无济于事。父亲从未上岸，从不答理任何人，也没有人能靠近他。姐姐结婚了——姐姐生了一个男孩，她坚持要让父亲看看外孙。我们全家人在河边呼喊，等待，但父亲始终没有出现。全家人搂抱在一起哭了。我的头发也渐渐变得灰白，可是父亲在河上漂泊，我就被永远地剥夺了宁静。一天，父亲在远处出现，我急切地喊："爸爸，你老了……回来吧，你不是非这样漂下去不可……回来吧，我会代替你，顶上你的位置。"父亲向我划过来，举起手臂向我挥舞——这么多年来这是第一次。可是我害怕至极，发疯地逃掉了。我不得不在内心广漠无际的荒原中生活下去，希望死后被装在一只小船里，在河上迷失。

乔向东兄译出同等篇幅的小说多篇，交出版社出版。出版社请专家审稿，专家不明白河从哪里出来了第三条岸，大笔一挥，改题为：《大河在此滩拐了第三道弯》。这一改，大概凡是识汉字的人都能懂。出版社还请人写"赏析"文附在后面，说是流经三道弯奔向海洋，喻人生经历童年、青壮年和老年，走向死亡。敢胡说八道到这种程度。对此可用一事解释：一位读文学的硕士生，认为导师给他出的考题不对，便把全部考题推翻，自作主张另出一份，然后自己答自己出的题。后来确诊为精神有点问题，休学了。不过话又说回来，这可真有点了不起。

一九九六年六月十二日

真的天方夜谭的乐趣

　　一九九五年春节前后,我在开封读了一册《爱因斯坦与相对论》。读完后,我把这本书送给了一个上初中的小朋友。

　　这个书名会把很多人吓住。我庆幸我没有,而是打开了它。读起来才发现它写得平易、简洁、有趣,它是一本爱因斯坦的传记,采取的笔调和口吻一下子就唤起了人的亲近感,特别适合青少年阅读。

　　书送走后就开始了不断的怀念。确切地说,是因为书中的一个情景而怀念这本书。这个情景写的是爱因斯坦十三岁时读《纯粹理性批判》。康德的这部伟大的著作，究竟有多少人读得懂呢？十三岁的孩子读这样的著作，有点儿天方夜谭。可是天方夜谭是迷人的。而且这天方夜谭是真的。你想想吧。真正让我着迷的还不是天才爱因斯坦是否读懂了这本书，而是，他从这本书中得到了很大的"乐趣"。

就因为这种天方夜谭的乐趣，我怀念着这本书，很想重新买到它。过了七年——这七年中有多少次为它而在书店里流连——前天，终于在复旦新开张的一家书店的角落里找到了它。我翻到那一页，印证它留给我的印象是否准确。这几段文字是这样的——

> 马克思看到艾伯特如此迅速地贪读他带来的书籍，就决定带来一些较艰深的书籍向这个孩子挑战。在艾伯特十三岁的时候，一天，马克思在午餐时给他一本的确非常难懂的书，那是由德国哲学家康德撰写的《纯粹理性批判》(*The Critique of Pure*

Reason），甚至书名读起来也是深沉可怕的，它绝不是大多数十三岁的孩子所能读懂的那类书。

然而，艾伯特与同龄的大多数孩子不一样，他立即钻进这本深奥的书中，并在阅读中体会到很大的乐趣。一天晚上，赫尔曼走进儿子的房间，发现他伏在书旁睡得很香。赫尔曼拿起艾伯特摊开在书桌上的那本书，这正是《纯粹理性批判》。赫尔曼看了那段显然使得儿子入睡的文字，它是这样说的：

> 可以看出，时间是一切现象之先验的形式条件，而不论这种现象究竟是什么样的。相反，空间只是外部现象之先验的形式条件。一切表象，不论它们有无外界事物作为客观对象，都是心的决断。而且，确切地说，它们是属于我们的内在状态。因此，它们必定都受到内在感觉或直觉的形式条件，即时间的制约。

赫尔曼合上这本书,摸摸前额,俯下身来看艾伯特,艾伯特坐着睡了,两臂在桌上支撑着头:他第一次想到儿子有点不同寻常。

这本书其实只是一本薄薄的小册子,一个叫罗伯特·克威利克(Robert Cwiklik)的美国人写的,赵文华译,"商务新知译丛"中的一种,商务印书馆一九九四年版,我再买到的是一九九九年印刷的。手边放着这本书,我的怀念安稳了。

二〇〇二年一月二十八日

读斯泰因自传时的迷离之感

读格特鲁德·斯泰因的自传,从头到尾都会持续着一种奇异的迷离之感。你知道,这本自传名叫《艾丽斯·B·托克拉斯自传》,艾丽斯是斯泰因的助手和终身伴侣。你想想看,当书中出现"我"这个字眼的时候,要是你忘记了这本书的作者,它就是艾丽斯在说她自己;而这是很难做到的——你很难忘记这是了不起的女人斯泰因写的。如果仅此而已还好办,你就区别一下 writer 和 speaker 就可以了,前者在文本之外,后者在文本之内。但是不行。因为这不是斯泰因借艾丽斯之口讲别的事，而是讲她自己，所以文中最常出现的词除了"我"之外，再就是"斯泰因"，而本意是讲斯泰因的。这个被讲的斯泰因，是斯泰因自己通过艾丽斯讲的，这和斯泰因直接讲自己，和艾丽斯直接讲斯泰因，到底是不同的，迷离感就这样产生了。

在自传的第一章，叙述者说："我一生只有三次见过天才，每次都在我心中激起了反响，每次我都没有看错，我可以这样说，都是在他们身上的天才品位没有得到公认之前。我想说的这三位天才就是格特鲁德·斯泰因、巴勃罗·毕加索和阿弗雷德·怀特海。"我们确实没法弄清，这到底是不是艾丽斯第一次见到斯泰因时就产生的想法，还是斯泰因自己把自己和一位大画家、一位大哲学家并列为三个一流的天才。你现在知道，斯泰因的这种自我估价一点也不过分。

自传结束的时候，作者才交代这种写作是怎么回事，可是这个交代本身也是迷离的。平常斯泰因常劝艾丽斯写自传："大约六个星期前格特鲁德·斯泰因说，我看你没打算写那本自传。你知道我会怎么干。我替你写。我要把这自传写得跟笛福的《鲁宾逊·克鲁索》一样明白易懂。她写了。这本自传就是。"

噢，我忘了，我应该先说说什么叫迷离的感觉。你千万别误会，别一听到斯泰因这个名字就把我这里说的迷离和晦涩混到了一块儿。至少这本自传一点也不晦涩。迷离是一种奇异的美妙体验（当然晦涩有时候也是），在这里，迷离之感是这样的：你明明清楚是怎么一回事（以此与晦涩相区别），可它在你的感觉里就是不特别清楚；你忍不住想弄得特别清楚，可是你同时也知道那是不可能的。因为不可能，所以你体会到一种奇异的美妙。你喜欢这种状态。

迷离之感还与一种能够体验却不能充分深入的状态有关。这本自传就处于这样一种状态。你知道斯泰因在巴黎的那么多年，她身边环绕着的大都是些星斗般的人物，当然他们也是后来才被当成星斗的，当年他们不过二十三岁或者二十六岁。这本自传就是由这样一些人物的名字组成的，毕加索、马蒂斯、阿波利奈尔、T. S. 艾略特、海明威……这样的名字太多了，多到构成了这么一本书。他们的认识、拜访、进餐、闲谈、矛盾等等，就是这些构成了这本自传。每个声名赫赫的人物在这本书里就像走马灯似的——这是多么奢华啊。这种奢华的状态产生迷离之感。就像流水的盛宴。我想起来了，海明威有一本回忆巴黎生活的书，名字就叫《流动的盛宴》。迷离之感大概就是这个名字给你的感觉吧。

埃德蒙·威尔逊在他的那本名著《阿克瑟尔的城堡》里，讲斯泰因的一章开头就提到，心理学家威廉·詹姆斯教授认为斯泰因是他教过的最出色的女学生。在这本自传里，我们知道斯泰因小姐是怎样通过詹姆斯课程的期终考试的。她在考卷上端写道，亲爱的詹姆斯教授，我十分抱歉但确实不想做今天的哲学考卷。然后离去。第二天他收到詹姆斯教授的明信片，说，亲爱的斯泰因小姐，我完全理解你的感受如何，我自己也常有此感。下面说他给了她这门课的最高分。

后来斯泰因把《三个女人》送给威廉·詹姆斯，詹姆斯在书页空白处还做了注解。可是这本自传没有告诉我们詹姆斯的注解是什么，也没有告诉我们斯泰因看了这些注解的想法。本来嘛，这本书就是处在不能充分深入的迷离状态。

斯泰因和舍伍德·安德森在一起的时候，特别喜欢谈海明威这一话题。"海明威是他们两人塑造的，他们两人为他们的这件心智之作既感到有几分得意又觉得有些惭愧。"他们都认为海明威胆小，也一致认为他们喜欢海明威是因为他是个挺好的学生。"他是个很糟糕的学生，我反对说。你就不明白了，他们都说，有个做学生而不知道是在做学生的人当学生是使人喜欢的……他们都承认这是一种偏爱。"可是在这本迷离的自传里，人们津津乐道的一句斯泰因对海明威说过的话却提也没提，你知道，这句话被写到了文学史上：你们是迷惘的一代。

一九九七年五月一日

爱情、艳遇和世界

翻开米兰·昆德拉的《身份》的新译本，我又重新读了一遍熟悉的章节和段落。两年前读的是孟湄的译本，她把小说的名字译成《认》；眼前则是上海译文出版社的新书，董强的译笔。

尚塔尔为身体的衰老而伤心——"男人们不再回头看我了。"她的情人再怎么爱她，再怎么说她美，也没有用，爱情的目光安慰不了她。

为什么呢？

先看看什么是爱情的目光吧。爱情的目光是把一个人从一群人当中挑选出来的目光,是把一个人从纷繁的世界中分离出来的目光。换句话说,爱情,使相爱的人与他们之外的世界隔绝。

现在,敏感到"身体渐进的熄灭过程已经开始"的尚塔尔,需要的不是爱情的目光,"而是陌生人的、粗鲁的、淫荡的眼光的淹没,这些眼光毫无善意、毫无选择、毫无温柔也毫无礼貌,不可逃脱、不可回避地投注到她身上。正是这种目光将她保持在人的社会群体中,而爱情的目光则将她从中拉出来"。

也许是,人们需要爱情,是因为需要从社会和世界中脱离出来;而爱情不能持久,是因为人们不能一直与社会和世界隔绝。人更需要爱情,还是更需要世界?人更需要一个唯一的人,还是人的群体?

很多年前,尚塔尔在即将成人之际,想象自己是四处扩散的玫瑰香,征服四方。"她希望就这样穿透所有男人,并通过男人,去拥抱整个世界。玫瑰四处扩散的香味:那是对艳遇的隐喻。"

可是，爱情让她满足，让她觉得宁静而幸福，让她觉得不需要世界。"她因自己毫无艳遇而高兴。艳遇是一种拥抱世界的方式。她不再希望拥抱世界。她不再去想这个世界。"她对自己说，她对情人的爱是一种异端行为，是对人类共同体不成文的法令的违背，而她正远离着这一人类共同体。

而终于有一天，当她发现"男人们不再回头看我了"，她想到了这个世界，想到了少女时代关于艳遇的玫瑰香的隐喻。

爱情和艳遇就是这样不同：爱情是一种脱离世界的方式，艳遇是一种拥抱世界的方式。爱情是封闭的，它背对世界；艳遇是敞开的，它通向世界。爱情是对唯一的不断确认，艳遇是对可能的想象和追求。它们和世界之间的关系是如此相背。

为什么人需要爱情，而且还需要从爱情中挣脱出来？为什么有爱情，还有艳遇？爱情能够变成艳遇吗？艳遇会变成爱情吗？艳遇变成爱情是对艳遇的背叛吗？

　　这些不能一口说死的问题，如果从人与世界的关系来看，会看出点意思来。《身份》有意思的地方当然不只这一点，只是我就想说这一点。换一个读者，对这一点或许就不以为然了——你完全可以不理会尚塔尔的感受，跟昆德拉这老头抬杠。

二〇〇三年四月十二日

简单说《无知》

米兰·昆德拉一九七五年来到法国，现在已经快三十年了。这么长的时间，一个流亡者和故乡之间的关系，会逐渐产生什么样的变化？譬如说，当你可以自由地返回祖国的时候，你还是以前那样的"流亡者"吗？更为现实的是，当你可以回归故乡的时候，你自己还想回去吗？还回得去吗？

回归故乡的冲动和愿望，也许从来就不是单个人的自我决定和选择，祖先的记忆和文化的传统里早就埋下了这种冲动和愿望的种子，它会在不同时代不同情境中的个人的心中破土生长。昆德拉深知这粒种子的神奇魔力，他的小说《无知》（许钧译，上海译文出版社，二〇〇四年七月版）就是从探讨这种回归的神奇魔力开始的。他的探讨其实是置疑。古希腊文化黎明时期的伟大史诗《奥德赛》是表现这种神奇魔力的奠基性作品，尤利西斯是有史以来最伟大的思乡者，他参加战争十年，然后又用十年时间才回到故乡伊塔克。昆德拉说，二十年里，尤利西斯一心想着回故乡；可一回到家，在惊诧中他突然明白，他的生命，他的生命之精华、重心、财富，其实并不在伊塔克，而是存在于他二十年的漂泊之中。这笔财富，他已然失去——这是昆德拉的看法。

也许还不能说《无知》是"反《奥德赛》"的作品，但昆德拉确实是在怀疑和瓦解回归故乡的古老冲动和愿望。他的主人公，离开捷克二十年，伊莱娜生活在法国，约瑟夫生活在丹麦，他们返回捷克，就等于是要把这二十年已经建立起来的生活从生命的肢体上截去。为什么会有这样的恐惧呢？小说重笔写了这样一个场景：伊莱娜回到故乡后，在一家餐馆订了个包间，请过去的朋友。她还特意带了一箱波尔多葡萄酒。可是这些朋友习惯地喝起啤酒，她们举杯相碰，为归来的伊莱娜干杯。伊莱娜抿了一小口啤酒，心想：她们拒绝了她的葡萄酒，也就是拒绝了她本人。"其实，这正是她要赌的：赌她们是否接受重新归来的她……她想尽一切努力，要让她们接受她，连同她二十年的经历、她的信仰，还有她的思想。成败在此一举：要么以现在的样子成功地融入她们中间，要么就不能留在这里生活。她组织了这个聚会，作为自己攻势的第一步。她们非要喝啤酒，那就让她们喝啤酒好了……"

约瑟夫回到捷克，他听着自己的母语，觉得是在听一门陌生的语言，尽管他听得懂每一个词，可是声调变了，音色变了。变化了的声调和音色，完全不能唤起一个流亡者对祖国语言的依恋。讽刺的是，他在偶然相遇的伊莱娜那里获得了语言的安慰：伊莱娜说了句粗话，昆德拉接下来的描述是："这真是出乎意料！令人陶醉！二十年来，他第一次听到这些捷克粗话，他顿时兴奋不已，自从离开祖国后，从来没有这么兴奋过，因为这些粗话、脏话、下流话只有在母语（捷克语）中才能对他产生影响，而正是通过这门语言，从其根源深处，向他涌来一代又一代捷克人的激情。在这之前，他们甚至都没有拥抱过。但此时，他们兴奋异常，在短短的数十秒时间内，便开始做爱了。"

《无知》集中写出了纠缠着昆德拉与故乡之间的关系问题。这个问题，纠缠了他很久。在《被背叛的遗嘱》里，他曾经做过"移民生活的算术"，计算的都是没有回归祖国的作家和艺术家的移民岁月，这些人是：约瑟夫·康拉德、博许斯拉夫·马蒂努、贡布罗维奇、纳博科夫、卡齐米日·布兰迪斯。他说，移民生活的困难是他们总在受着思乡痛苦的煎熬，然而更糟糕的还是陌生化的痛苦：曾经十分亲近的东西变得日渐陌生，就像他多年之后写《无知》里约瑟夫对捷克语的感觉。在《被背叛的遗嘱》里他就说，只有在长期的游子生涯之后的回归故乡才能揭示出世界与存在的实实在在的奇异。那也许就是对《无知》的预告。

但是，仅仅从流亡者或移民的角度来探究移民与故乡之间的关系，也许可能会产生不那么公平的结论。譬如说，伊莱娜的那些朋友们为什么就不能和日常生活中一样地粗俗地喝啤酒，而非要有修养地喝高贵的法国葡萄酒呢？捷克语的声调和音色经过二十年而产生变化，难道不是可以理解的？如果不能跳出自我中心的狭小格局，视野里呈现的人与事，以及据此立论的评说，也就不一定让人信服，虽然昆德拉是个极具说服力的作家。

二〇〇四年七月二十日

明信片、电影、小说

好几年前，朋友去德国，回来送我一张明信片，上面有个凸起的塑料盒，里面放了一块小小的石头。这是推倒柏林墙的纪念，小石块据说就采自倒塌的柏林墙。我的反应一直说不清楚，世界历史的标志性事件，和小小的旅游纪念品，它们是一回事？两回事？

看《再见，列宁》这部电影，我的感受也说不清楚。我想，一个中国人看这部电影，反应恐怕不会是简单的，尤其是年龄比我还大一点的人，感触更要深切而复杂。

电影讲的是一位母亲在一九八九年民主德国成立

四十周年庆祝活动期间，目睹抗议游行队伍与警察的暴力冲突而突发心脏病陷入昏迷状态，八个月后，她奇迹般地醒来，东德西德已经统一。她是社会主义民主德国的信徒，用她儿子的话说，她嫁给了这个国家。医生认为她经不起任何打击，不能有情绪上的激动；她的儿子于是就开始向母亲编造谎言：民主德国依然存在而且愈发完善，甚至联邦德国的人民都逃到这边来了。

要维持这个谎言，意味着要在举世的迅速巨变中，独自营造一个不变的、即使变也要按照原来的规则和逻辑发生变化的小世界。儿子之所以这样一意孤行地做，从人伦上讲，是出于对母亲的感情。但是否有更为隐蔽和复杂、连他自己也未必全然了解的精神上的原因呢？影片结尾，母亲安详地死去，儿子想说的是，母亲是和那段历史中的国家联系在一起的，他对母亲的感情，也就和对那个国家的感情联系在一起。

电影不乏喜剧因素和戏剧化情境，这也许是个办法：当我们面对重大的历史、实践、思想和感情问题的时候，重大到无法表达的时候，喜剧因素和戏剧化情境也许多少可以化解尴尬，多少帮我们一点忙。但问题并没有真正解决。

二十世纪的历史变化太大了，社会主义实践是其中最重要的部分之一。一九六六年，法国导演克劳德·勒鲁什（Claude Lelouch）的电影《男欢女爱》的男主角问女主角住在哪里，女的说了巴黎的一条街名，男的说不知道，女的就告诉他，一次世界大战期间有个画家住在那里，他雇了个俄国仆人，名叫弗拉基米尔·伊里奇·乌里扬诺夫，一年以后，他变成了列宁。法国人可以轻松幽默插曲式地谈论列宁的出现，东德人要和列宁再见，情形就太不一样了。这几天读阎连科的"狂想式"长篇小说《受活》，写一个县长用上百个残疾人组成的"绝术团"巡回演出赚钱，建起"列宁纪念堂"，并要去遥远的俄罗斯把列宁的遗体买回来安放其中，以此吸引旅游发展经济，实现天堂之梦。匪夷所思，梦魇一般，却又具有现实的穿透力。拉杂谈到这些，不是没话找话，而是，对于中国人来说，这部电影能够引起的联想和感受太多，竟是无从说起。

　　朋友送我的那张明信片放在书架上，时间一长，落了一层灰；擦去，又再落一层。我没有保存这一类东西的习惯，却一直没把它扔掉，看着它有些脏了，有些旧了。去年搬到新家，一天猛然想起，却无论如何找不到。结果我还是把它弄丢了。

二〇〇四年二月十五日

鹅妈妈童谣

英国小孩子很"坏"。他们玩得正起劲的时候,天降大雨,不禁十分懊恼,就对雨说:"雨呀,雨呀,下到西班牙去!"要是被西班牙小孩子听到了,不知会不会就此争吵起来。小孩子的"坏",就是这样可爱、有趣、生意盎然。

这转嫁危机的话出自鹅妈妈童谣,大概被一代又一代的英国小孩子念叨了很多年。鹅妈妈(Mother Goose)是英国民间童谣集 *Mother Goose's Melodies*(一七六五年?)想象中的作者,据《新知识英汉辞典》

介绍,前台湾大学外文系教授赵丽莲博士自称"鹅妈妈",开设"鹅妈妈英语教室",名称即由此而来。这些民间童谣在英国流传时间相当久远,有的长达数百年,其总数约八百多首,有故事、字母歌、唱游、绕口令等等。英国人称其为 nursery rhymes(儿歌),美国人称为 Mother Goose songs(鹅妈妈歌),在英语圈子里长大的人,从小就耳熟能详。

我在朋友那里看到大大厚厚的一本,借来翻阅,觉得非常好玩,就译出来几首。但这种生动、活泼、口语化的歌谣,译出来后味道变了多少,是可以疑问的。即便如此,仍然很好玩,所以仍然译了。比如下面一首——

猫咪,猫咪

猫咪,猫咪,你到哪里闲逛?

我到伦敦见了女王。

猫咪,猫咪,你在那里干啥?

我把桌子底下的小老鼠吓傻。

再如——

吹笛人的儿子叫汤姆

吹笛人的儿子叫汤姆，
偷猪逃跑不择路。
吃了猪，挨了打，
汤姆在大街上呜呜哭。

这些童谣中的大部分，要说有什么意思，是说不大上的。我记起小时候常挂在嘴上的一首，大致也是这一类的："一二三四五，上山打老虎；老虎没打着，累得呜呜哭。"还有一首，直到今天我家乡的小孩子还常常念叨："肚子疼，找老宋。老宋不在家，去找二五八。二五八，别炕叉，一叉两叉叉好了。"也正是因为不讲究有什么特别的意思，才显出特别好玩；

可是要说纯粹是为了磨嘴皮子的,恐怕也未必。再看两首——

法国国王

法国国王爬上山,
  两万个人跟后面;
法国国王下了山,
  再也不想爬二遍。

如果希望是骏马

如果希望是骏马,
乞丐也能骑上它。
如果怀表就是大头菜,
我身上也能挂一块。
如果"如果"一个又一个,
都是深锅和浅锅,
补锅匠可就没事做!

其中不少一些，不是从小孩子嘴里说出来的，而是大人在"哄"孩子的时候，自然而然地哼、吟、唱出来的。比如我们可以设想这样一个情景：孩子坐在大人膝上，膝颠如马跑，节奏不断变换，开始轻快飞驰，随后迟缓蹒跚，最后停下不动。有一首就是伴着这个情景的——

小格温旅行记

亲爱的小格温，听我说话有精神，
我们到了五月里，一路飞奔去伦敦。
唉！现在天冷水成冰，路颠人难行，
我的小宝贝，还是呆在家里顶聪明。

我曾经把童谣集中的一首背给一个小学生听，不料被她斥责为不可能、很荒唐、没意义。是不是我们的老师教给孩子的都是可能的、正常的、有意义的，而且对不这样的就要排斥？我背的是这样一首——

老婆婆坐在篮子里往天上飘

老婆婆坐在篮子里往天上飘，

飘到月亮的十七倍那么高；

谁也不知道她要往哪里去，

只看见她挟着一只大扫帚。

"老婆婆，老婆婆，"我一声声把她叫，

"你要到哪里呀，飘得那么高？"

"我去扫掉天上的蜘蛛网，

一会儿就下来陪宝宝。"

有一些也真能够说出点意思来，即使是这样的，也往往不说出来更好，而且有的说出来小孩子也不懂，主要是，不必去懂。看这一首，只有两行——

缝衣针大头针

缝衣针大头针，缝衣针大头针，

麻烦事儿来，只要你结婚。

这些民间童谣，传达着一种特别的质朴韵味和健康气息，虽然在现今的时代遥不可及，像久远的过去那样遥不可及，可是不由得让人生出特别的迷恋——

我爱六便士

我爱六便士，快快乐乐六便士，
　　我爱六便士就像爱我生活的日子；
我花掉一便士，我花掉一便士，
　　我又把一便士带回家给我的妻子。

我爱四便士，快快乐乐四便士，
　　我爱四便士就像爱我生活的日子；
我花掉两便士，我花掉两便士，
　　我把剩下的两便士带回家给我的妻子。

我爱一无所有,快快乐乐一无所有,

　　我爱一无所有就像爱我生活的日子;
我没有什么花了,我没有什么花了,

　　我把一无所有带回家给我的妻子。

　　　　　　　　　　一九九七年一月二十三日

打开丛林这部书

一九〇七年，鲁·吉卜林（Rudyard Kipling）到瑞典斯德哥尔摩去领诺贝尔文学奖，瑞典人看到他时，感到非常惊讶——或者也可以说，有点失望。他们看到的是一位瘦小的英国人，留着小胡子，戴着眼镜，镜片后面是一双友善的眼睛。

瑞典人本来以为，他们翘首以待的这位作家，应该和他所写的那个在丛林里、在动物中间长大的狼孩毛格利是一个模样，还应该带着棕熊巴鲁、黑豹巴赫拉，甚至还有四个狼兄弟一起出席颁奖典礼。当时有一个记者做了这样的报道："当人们发现吉卜林和其他人一样，穿黑西装，打白领带时，立即就引起了阵阵的窃窃私语。"他用这样一个句子表达了吉卜林的读者为他们喜爱的作家设计的形象："啊，真希望他手里抓着一条蛇！"

总之，他们希望吉卜林把他在《丛林之书》(*The Jungle Book*)、《丛林之书二集》(*The Second Jungle Book*)以及所有其他作品里写到的一切，都搬到斯德哥尔摩的颁奖台上去。

他的作品深受儿童的喜爱应该是他特别感动的事。斯德哥尔摩附近各小学的儿童们组成了一个代表队，到他住的酒店向他致敬。一个小女孩竟然用英文发表了一篇十分流利的演讲——大概是老师事先写好，她好不容易背下来的。孩子们还为他合唱了《家，甜蜜的家》(*Home, Sweet Home*)和瑞典国歌。一位小朋友向他要一本英文的《丛林之书》，回到英国后，他立即寄出了这本书，并在书上写着："向小朋友做的许诺必须兑现。"

有一个美国小朋友，名叫 Nelson Doubleday，非常喜欢吉卜林写的故事。一天他在杂志上读到吉卜林讲鲸鱼的一篇故事，又激动又觉得不过瘾，就跑去对做出版商的爸爸说："如果我写信给吉卜林先生，让他再写一些同类的故事，你可不可以出一本书呢？"他爸爸答应考虑这个计划，嘱咐他信要写得认真仔细。他就用学童的语言，在信里建议吉卜林再写一些动物故事，比如，豹子身上为什么有斑点呀，大象怎么长了个长鼻子呀，鳄鱼如何……等等等等。他写好了信，又对爸爸说："爸爸，如果你出版这本书，我是不是该得到一定的版税？因为出书的主意是我建议的。"他爸爸慷慨地说，如果书写好并出版了，卖掉一册就付给他一分钱。他又要求爸爸先预付五分钱的版税，因为把信寄到英国去要贴五分钱的邮票。这本书后来果真出版了，而且成了一本非常受欢迎的儿童读物，叫《正是如此故事集》(*Just So Stories*)，小朋友从他爸爸那里得到了他那一份版税，当然他得先用版税偿还邮资。

吉卜林在美国写完《丛林之书》后不久，这个小朋友就和吉卜林非常熟悉了，吉卜林在纽约城的宾馆里生病的时候，他还特意把家里做的汤送给吉卜林喝。小朋友很久以后还记得，吉卜林康复后和马克·吐温到他家里吃晚餐的情景。他更难忘的是，顽皮的吉卜林经常教唆他从学习室里逃出来，正好园丁把梯子放在了窗口。吉卜林叔叔躲在离屋子有一段距离的干草堆后面，两个人碰头后，就一起去钓鱼，猎兔子，有时仅仅是在田野里长途漫步。

我们没有福气和吉卜林成为朋友，所幸的是我们还可以从字面上了解他。

吉卜林一八六五年出生于印度孟买，他父亲当时在孟买艺术学校担任建筑雕塑学教授，后来写过一本很有意思的书，叫《印度的动物和人》(*Beast and Man in India*)，自己配了精美的插图。后来吉卜林出版《丛林之书》，第一版里就有他父亲的九幅插图。吉卜林在印度度过了美好的幼年，可是到一八七一年，还不满六岁，就和妹妹一起被送回英国寄养，过了五年很不愉快的日子，从《咩，咩，黑山羊》(*Baa, Baa, Black Sheep*) 这篇小说里可以明显看出那段生活在他心灵上留下的伤痕和暗影。吉卜林中学毕业以后，离开英国，回到印度，逐渐开始文学创作，慢慢产生影响。实际上他在中学的时候就开始写诗，并自费印了一本诗集，叫《学童抒情诗》(*Schoolboy Lyrics*)，大约印了五十本，分赠亲友。到一九三六年在伦敦去世时，吉卜林留下了大量的作品，包括诗、长篇小说、短篇小说、历史故事、散文随笔、回忆录，等等。其中最受推崇的儿童文学作品除了《丛林之书》《丛林之书二集》《正是如此故事集》之外，还有《勇敢的船长》(*Captains Courageous*)、《普克山的帕克》(*Puck of Pook's Hill*)、《奖赏和仙人》等。后两本是系列的历史故事集，是吉卜林为孩子们，尤其是他自己的儿子、女儿而写的。

两本《丛林之书》于一八九四年和一八九五年相

继出版，成为他最著名的动物故事集。这两本书一共包括十五个故事，一百年来不知为多少国家的多少少年儿童带来过多少的乐趣，激发起多么宝贵的想象力。我们上面刚刚还提到过，那个美国小朋友记得吉卜林和马克·吐温到他家进晚餐的情景，就是这位马克·吐温，曾经说："我了解吉卜林的书，……它们对于我从来不会变得苍白，它们保持着缤纷的色彩；它们永远是新鲜的。"

不是为了验证马克·吐温的话，不是为了去重复诸多作家、诗人及各类著名人物（W. H. 奥登、T. S. 艾略特、乔治·奥维尔、葛兰西、博尔赫斯等）在吉卜林作品里获得的各类体验，只是为了我们自己的乐趣，只是为了我们自己去感受吉卜林所创造的动物世界的魅力，为了我们自己的童年、少年、青年，为了我们自己在成年和老年时重新回忆起童年、少年、青年，请打开——丛林——这部无穷的书。

一九九七年三月三十一日

《杨柳风》

　　河鼠的思想够保守的，现在谁还会接受这样的思想呢？河鼠先生说："在河边、在河上、在河里，与河在一起，河是我的兄弟姐妹，是我的阿姨我的伙伴，河是我吃喝的来源，自然也是我洗东西的地方。对我来说，河就是整个世界，除此我别无他求，河所没有的不值得有，河所不知道的不值得了解。"

　　我们谁有勇气这样说话呢？为了表示我们不安于现状，我们通常是像河鼠受到"蛊惑"时才感觉到的那样，满怀骚动，觉得"未曾看见的才是一切，未曾知晓的才是真正的生活"。生活在别处，能打动多少人的心。《杨柳风》的第九章，"皆是远游人"，海鼠把航海生活叙述得淋漓尽致，足以使从未出过远门的河鼠心醉神迷。我们读者也被肯尼斯·格雷厄姆的描述迷醉了。

　　迷醉的经验毕竟不可能同生活本身一样持久。河鼠忠诚于日夜流淌不息的老河，一如对生活和家园的忠诚。鼹鼠在春天里离开地底下的家，出去漫游世界，乐而忘返，有一天突然听到无声的召唤。"正是某种来自虚空的召唤震动了黑暗中的鼹鼠，使他激动不已，虽然他还不清楚那是什么。他呆呆地停在原地，用鼻子东嗅西闻，想找到地里使他深深感动的、纤细的电流。""家！是家在召唤！原来一路上那些亲切的召唤，温柔的触摸，那些看不见的小手拉拉扯扯，是家在召唤。"鼹鼠自从那个明媚的早晨离开家以后，完全沉浸在欢乐、惊奇、新鲜而又富有魅力的经验中，再也没有想起过家。可是家的"气味"提醒了他，使他非回去不可。

《杨柳风》这部经典童话出版于一九〇八年，它写的只是几个动物的生活，除了蛤蟆之外，连故事也说不大上，可它却是引人入胜而且令人产生深刻感动的。优雅、诗意、田园风，说起来都不免觉得有些表面化。春天来了，夏天来了，冬天来了，平平常常的季节轮换，在作者笔下，也能透露出大自然蕴含的质朴的理念。

汽车开进了自然里，动物们惊恐的反应比人类的反应可能更正常一些，人类的反应就像动物中的例外——蛤蟆的反应："这景象多么壮观多么刺激！简直是流动的诗篇！哦，天哪！我的天哪！"鼹鼠对蛤蟆很绝望，叫他"别像头蠢驴似的"。蛤蟆对汽车的追求大概可以代表人类社会的发展方向，蛤蟆先生的疯狂飙车其他动物不理解，人类完全可以理解。蛤蟆后来"改邪归正"了，回到了祖传的蛤蟆宫，人类社会却还不断向前、向前、向前。

俄国形式主义流派的理论家维·什克洛夫斯基在

长篇散文《动物园,或不谈爱情的信札》中说:"最能把人改变的是汽车。"不仅是,"马力超过四十匹的马达,已经在摧毁着旧道德。"而且是,"速度使司机与人类相脱离。"只有逃犯和追捕逃犯才需要超过一百公里的高速度,"马达是在将人引向名副其实的犯罪"。按照人怎样对待物,物就怎样回敬人的原理,马将人变为骑兵,汽车将人变为什么呢?维·什克洛夫斯基说道:"为了使汽车不致在拐弯处把人抛出生活,必须由个人掌握汽车的秘密,还需要有一种新的浪漫主义。"——这实在很有些离题了吧,谈这部美妙的童话,这部"冬天的炉边之书",竟然谈到这样煞风景的程度,真有些罪过。

河鼠和鼹鼠见到过半人半神的"黎明门前的笛手",经历了狂喜又恐怖、让人震惊又灿烂美好的时刻,如获得了神启,又难言其境。动物和周围环境、和有生命或无生命的东西之间的内在交流,人类是无法感知的,汽车上的人类如果遇上神境和幻象,心里也不希望所见是个吹笛人吧。

周作人说这部书"的确是二十世纪儿童（一岁到二十五岁）文学的佳作……它没有同爱丽丝那样好玩，但是另有一种诗趣"。我的朋友乔向东十九岁初读此书，从此念念不忘，同时也像鼹鼠受到某种虚空中的召唤一样心神不宁，他心目中这本"关于家园最好的书"简直搅得他寝食难安，直到后来有机会把它译出来出版。在译序中，他写道："我着手翻译时，离初次读《杨柳风》已经有七年了，仍然一如既往地深爱这优美的故事。当初很为《杨柳风》没能像《爱丽丝漫游奇境》一样在中国广为流传而深感遗憾，如今这遗憾已随时光流逝而消散，毕竟只有成长和变迁才能证实衷爱植根心灵深处，才能更多地理解心灵契合的价值。"毫无疑问的是，乔兄以后会一次又一次地引领他即将出世的孩子，和可爱的动物们共游古老的河岸。

一九九六年七月二十七日

为什么凝望星空觉得美好

小王子的星球比一幢房子大不了多少,那上面有一朵世上独一无二的花,但是小王子和他的骄傲的花闹了别扭,就离开星球四方游历。心里仍然牵挂那朵花,所以他会说:"要是有个人爱上了亿万颗星星中仅有的一朵花,他望望星空就觉得幸福。他对自己说:'我的花在那儿……'"

小王子来到地球,看到有座盛开的玫瑰园,那里面有五千朵玫瑰,和他的花一样。"我以为有一朵独一无二的花,很满足,其实只是一朵普通的玫瑰花。"他伏在草地上呜呜哭了。

这时候出现了一只狐狸,狐狸告诉小王子"驯养"——也就是建立感情联系——的道理,譬如,狐狸说:"你对我不过是一个男孩子,跟成千上万个男孩子毫无两样。我不需要你。你也不需要我。我对你不过是一只狐狸,跟成千上万头狐狸毫无两样。但是,你要是驯养我,咱俩就会互相需要。你对我是世上唯一的。我对你也是世上唯一的……"

小王子回头去看玫瑰花,对她们说:"你们跟我的玫瑰花一点不像,你们还什么都不是,谁都没有驯养过你们,你们也没有驯养过谁。你们漂亮,但是空的,别人不会为你们去死。当然,我的那朵玫瑰花,一个普通的过路人也会以为她和你们一样。但是,单是她一朵也比你们全体都宝贵,因为我给她浇过水。因为我给她盖过罩子。因为我给她竖过屏风。因为我给她除过毛虫(留下两三条可以羽化成蝴蝶)。因为我听过她的埋怨、她的吹嘘,有时候甚至是她的沉默。因为这是我的玫瑰花。"

小王子回他的星球和他的花那里去了。

《小王子》其实是个忧伤的故事，是个包含着诸多危险的破坏因素令人担心不能释怀的故事，但是在上面的复述中，有意把忧伤和不安的因素略去了。它的作者，法国人圣－埃克苏佩里（Saint Exupéry）活了四十四岁，他是个好作家，同时是个多次遭遇险境的飞行员，一九四四年战争中执行侦察飞行任务时丧生。今年六月是他百年诞辰纪念，半个多世纪以来，这部童话已经在六十多个国家出版了九十多种语言的译本，仅美国的哈考特（Harcourt）出版公司一家，每年有接近二十万册的销量。汉语翻译的《小王子》也有几种，似乎传播得都不甚广，我读过的一种收在作者的小说选《人的大地》之中，外国文学出版社一九九九年版。

《小王子》其实还是个不适合于讲给大人听的故

事。这一点小王子很清楚，你不能跟大人谈蟒蛇，谈原始森林，谈星星。你得迁就他，跟他谈桥牌、高尔夫球、政治、数字和领带。你也不能把这个故事讲给正经人听，小王子就遇到过这样一位红脸先生，他从来没有嗅过一朵花，从来没有望过一颗星星，从来没有爱过一个人。除了加法以外，从来没有做过别的事情。他整天反复说："我是个正经人！我是个正经人！"

有两个还没有变成大人的人，他们读《小王子》，他们学习"驯养"和互相"驯养"，他们学习爱和被爱，他们仰望星空，他们觉得美好。

二〇〇〇年一月十七日

普希金右臂上的三只鸟

在圣彼得堡，要看雕像的话，恐怕是看不完的。凡是游客，都要去看看最著名的"青铜骑士"吧，那是彼得大帝纪念碑，因普希金长诗《青铜骑士》而得盛名。不过，对我来说，最神奇的还是普希金的雕像。最初，比雕像更吸引目光的是雕像下面的两个女孩，一身朋克装扮，给人以瞬间的震惊。朋克早就没有什么稀奇，不过你没想到在普希金像下猝然而遇。但也就是瞬间的事情，她们走到一边去了，眼光还是要不由自主地抬起来，仰望高高矗立的普希金青铜雕像。

后来朋友看我拍的照片，有了一个美妙的发现。这座普希金雕像我拍了三张，每一张都不同。普希金侧伸开来的右臂上，并排立着三只鸟，这是第一张；第二张，是两只鸟；第三张，一只鸟。

即使是仔细看，你也觉得这些鸟就是原来雕像所有的，那么自然地立在诗人的右臂上。你甚至会想：如果不是为了让这些鸟立在这里，普希金为什么要把胳膊伸展开来呢？

我们在涅瓦大街的文学咖啡馆吃晚饭。这里是普希金生前经常光顾的地方，决斗前还来此喝酒。现在是一家堂皇的西餐馆，门口有普希金蜡像，二楼餐厅里面有普希金大理石雕像，看上去没有什么特别的感觉。倒是一架钢琴非常好，钢琴弹奏得令乐迷严锋兄连连赞叹。我回头看弹钢琴的人，是一位五十多岁的妇女，因为近，看得见她脸上的皱纹，那些皱纹，粗，踏实，舒展，坦然。

令我不忘的还有一些老年妇女的脸。参观完陀思妥耶夫斯基纪念馆，从半地下室的狭窄的门口出来，拐过一个弯，走上人行道，看到几位老年妇女，彼此隔着几步的距离，站在靠近人行道的马路边上，伸出一只手。她们穿着整洁，甚至可以说是讲究，她们的神情落寞、绝望却又尊严，一动不动地站着，看着行人从身边匆匆走过，一句话也不说。她们是伸着乞讨的手，可是你很难想象乞丐是这样的。

我还碰到过一个小偷，一个年轻的女性，也难忘她的脸。那是在冬宫，领我们参观的人事先就告诫，在达·芬奇的画作和米开朗琪罗的雕塑前，人最拥挤，也最容易失窃。《蜷缩成一团的小男孩》是冬宫唯一的一座米开朗琪罗的雕塑，我正在人群中观看的时候，感觉到有只手在动背着的包。我活动了一下，回过头，看见一个年轻女人，一件上衣搭在手上。我朝她笑了笑，她也朝我笑了笑，然后就离开了。

圣彼得堡的天空色彩浓重，层次繁多，与常常呈现黑色的涅瓦河相映照，壮阔雄旷。乘船在涅瓦河上游览，导游指着岸上的一个地方说，那是监狱。是阿赫玛托娃排在队列中，等待着大门打开，探望儿子的监狱吗？一个站在她身后的女人，悄声问道："你能把这里的情形写下来吗？"她回答说："能。"多年之后，我们读到了《安魂曲》。

来圣彼得堡之前，心里就想要去喷泉宫，看看阿赫玛托娃旧居。没想到船转入喷泉河，旧居，现在是纪念馆，就在眼前。心里不由得激动了一下。偏偏在这个时候，相机没电了。同伴太知道我的心思，给我连续拍了三张照片，哪里会想到突然记忆棒出了问题，只保留下一张。

中间隔了一天，特意去阿赫玛托娃纪念馆，居然那天不开放。只能站在外面，站在下面，看看那扇窗户。

其实此前就看过阿赫玛托娃的一座铜雕，竟然最初没有认出来。那是在圣彼得堡大学东方系的小花园里，树木枝叶掩映，不太容易注意这座雕像。我们在这里开会，三四天来，会前会后，会议期间，都会在这个小花园休息。四周的雕塑很多，其中我感兴趣的是，诗人勃洛克的雕像，在一个角落，那么瘦瘦长长地立着；作曲家拉赫玛尼诺夫的头像，竖在草地边上。阿赫玛托娃的雕像在树下，双臂交叉在胸前，神情是忧郁，还是别的什么？说不清楚。

　　印象强烈的是布罗茨基的青铜雕像。那是一颗头颅，放在一个破旧的旅行箱之上。雕像就坐落在小花园一角粗糙水泥地上，周围不是草、树和花。诗人的流亡生涯和颠簸命运一下子就凸现出来。在陀思妥耶夫斯基旧居也注意到一只旅行箱，但比起来，那只真实的旅行箱比这个青铜雕塑的破旧旅行箱，似乎要好一些。我曾经见过布罗茨基的一张照片，那是一九七二年六月四日他离开列宁格勒飞往维也纳，开始流亡生涯之时拍的，照片上他双腿分开，骑坐在旅行箱上。这座青铜雕像让我想起这张照片，但雕像去掉他的身体，旅行箱上只有一颗头颅，更有表现力。

布罗茨基能够流亡出去，还得感谢阿赫玛托娃和其他人帮助他从服刑中获释，在诗艺上他更是直接从这位前辈诗人受益匪浅。他称她是"哀泣的缪斯"。在诺贝尔文学奖的受奖演说里，他两次说到她的名字。他说，如果没有他提到的那几个人，"作为一个人、作为一个作家我都无足轻重：至少我今天不会站在这里"。没想到会在这同一座小花园里，见到他们。

二〇〇九年二月八日追记

"间离效果"

二〇〇六年秋天,我在芝加哥,周末有个学生来请我去看戏剧,布莱希特的《胆大妈妈和她的孩子们》。我还以为是他特意买票请我,一问知道不是。原来他上周去看这个话剧,到演出的时间,观众只有五个。演职人员大概有三十多位,他们当场投票,决定不演了。那么这五位观众怎么办呢?为了补偿买票的人,决定下次来看时可以再带一个人进场。一张票本来也只十美元。

剧场叫 Theatre Building Chicago,在城市的中北

部，从芝加哥大学开车过去三刻钟。开场的时候我数了一下，坐在台下的人一共十五个。假设上周来的五位观众都来了，并且还各自都带了一个人来的话，那还是又另外增加了五位观众。

整场演出差十分钟就是三个小时，一般来说是长了点，但我看的时候还是感受到很强烈的震动。布莱希特的这部剧作当然是很强烈地反对战争的，换了一个时空，在美国对伊拉克的战争越来越引起一部分美国民众的反对和抗议的时候，剧团选择这部作品来演出，显然不是无的放矢。但看的人太少了，这矢仿佛射到了空气里。

这个经历让我想起黄佐临的故事。一九五九年，黄佐临把《胆大妈妈和她的孩子们》搬到上海的舞台上，女主角是著名的演员丹尼，黄佐临的夫人。把布莱希特的戏剧和戏剧观念引进到中国，是黄佐临多年的梦想。那个时候，知道布莱希特的人恐怕不多，知道"间离效果"是怎么回事的人恐怕更少了，但也许是事先的宣传做得很好，很多人想一看究竟，到演出的时候，剧场爆满。可是接下来就不大妙了。演出到一半，观众也走了一半。慢慢地，台下的人就比台上的人少了。演出结束，台下只剩了一个人，黄佐临一看，是他的老朋友巴金。

我不能确定，或者说有些怀疑，最后只剩下一个观众的说法是不是夸张了；剩下的人数很少，应该是实情，黄佐临后来自嘲过，说，"间离"来"间离"去，把观众都"间离"没了。

二〇〇九年三月十五日

斜侧身体站立的姿势

鲍勃·迪伦的回忆录 *Chronicles: Volume One*,中文版的名字是《像一块滚石》,差不多谁都知道那是他最有名的歌。他回忆自己没出道的时候在酒吧里唱歌,"这段日子里让我出挑的是我的演唱曲目。它比其他咖啡馆歌手的曲目更令人敬畏,我的曲目都是最纯粹彻底的民谣,伴随着不停顿的吵闹的吉他弹奏。我要么把人们吓跑,要么把他们吸引得更靠近来看看我到底唱的是什么。没有中间的情况"。

二〇〇六年秋天,我在芝加哥 Sears Centre 听迪伦的演唱会。他已经六十五岁,已经不是当红明星,可他还那么倔强,好像"二十世纪伟大的摇滚音乐家""伟大的摇滚诗人"之类的盛誉和地位也没有把他变得"和善"一些,还像当年的无名青年那样,"没有中间的情况"。

他是为新专辑的发行巡回演出,可是芝加哥演唱会的地点选在离市中心那么远的地方,就不怕去的人太少?朋友开车带我走了一个多小时,到露天停车场的时候,那一大片密密麻麻看不到边的车辆,吓了我一跳。单看这些车辆,就知道迪伦的影响犹在。从上个世纪六十年代到现在,那可不是随随便便的"成功"。

暖场乐队下去之后,就是迪伦演唱了。一个人,唱了将近两个小时。就是一个人,就是唱。他不跟观众说话。更让人吃惊的是,他自始至终就是一个姿势:身上背着吉他,前面是个键盘,斜侧着身子站着。他的动作不过是弹几下吉他,或者动动键盘。斜侧对着观众的姿势一直没有变。中间休息之后再上来,还是那个姿势。而现场始终热烈。

散场后,与我同去的一位法国朋友很是抱怨,说美国人的舞台设计很简单很粗糙;场地也不好,怎么能把音乐会放在类似室内足球场的地方,听不清唱词;迪伦只是唱,不跟观众交流,不跟观众互动。

可是我心里说,法国朋友抱怨的这些实情,都一点儿也损害不了迪伦,就像,我无端地想起博尔赫斯说的一个意思:伟大的作品经得起各种各样糟糕的翻译的糟蹋。舞台设计、场地质量,对很多演唱者都是问题,可对鲍勃·迪伦不是。至于观众,当然,也不是问题。

过去了很长时间,想起鲍勃·迪伦那个不变的姿势,还是觉得震撼。

二〇〇九年三月十五日

和写书的那个人见面，还是不见

钱锺书曾经在电话里对一位求见的英国女士说："假如你吃了个鸡蛋觉得不错，何必认识那下蛋的母鸡呢？"这句俏皮话经杨绛披露后，引用率还真不低。

二十世纪的"新批评"理论，强调对于文本的细读；至于文本的作者，还是要想办法"隔开"，否则就可能受其影响，走入迷途。"新批评"提醒，来自于作者的"意图的谬误"，可要当心。

但话又说回来，杨绛说钱锺书那样"既欠礼貌又不讲情理的拒绝"，让她"直耽心他冲撞人"，所以写了《记钱锺书与〈围城〉》。这或者可以解释为对那些不认识钱锺书却又很想认识的读者的一种补偿？无论如何，对于想认识"下蛋的母鸡"的人，多多少少是一种满足。

两千多年前，孟子有言："颂其诗，读其书，不知其人可乎？"这句古训，也可以拿来作为认识"下蛋的母鸡"的理由。

当然，"知"，或者"认识"，并不是求见一面；就算见上一面，也未必就能达成"知"或者"认识"。况且绝大部分经典著作的作者，和读者时空遥隔，没有时光倒流机和空间穿梭器，徒叹奈何。更何况在今天，求见拜访，差不多是追星族的行为，读书人与字纸相晤，怎么可以同流于粉丝与明星面对面。

不过，所有这些理由都不能泯灭与伟大作者接触的愿望。如果有这样幸运的事情发生——事实上，这样的事情并不罕见——会是什么样的情形？可能会有什么样的结果？

约瑟夫·布罗茨基多年后回忆他青年时代与前辈诗人安娜·阿赫玛托娃（1889—1966）的见面时，早已在世界诗坛盛誉加身，也许这样的时候更能让他意识到那些会面的意义。"我说过，与阿赫玛托娃的每一次会见对于我都是极为出色的体验。这时，会切身感受到遇上了一个比你优秀的人。优秀得多。和用一种语调改变了你的人在一起。阿赫玛托娃仅凭嗓子或一扬脑袋就将你转化成人。我想，无论以前或以后都不会发生类似的现象了。也许当时我还年轻。发展的阶段不会重复。和她聊天，或不过和她喝茶，喝伏特加，你很快就变成基督徒——一个基督教意义上的人——比阅读有关的文本或进教堂更有效的。"

这是一种无与伦比的体验，发生在文本之外，带有某些神秘性，却也是最切实的。所以布罗茨基会从不同的角度，反复地谈到与阿赫玛托娃的会面。"我们接近她不是为了赞扬，不是为了文学的好评或者为了对我们文学的期许，至少不是我们全体，我们走向她，是因为她使我们的心灵在活动,是因为她的在场令你仿佛否认自己,否认了你处的心灵的、精神的——我不知道怎么称呼它——水准,你会为了她所使用的语言而否认你与现实交流时所使用的'语言'。"

与伟大的作者会面,有时候情形可能变得比较复杂,比布罗茨基体验的还要复杂。

苏珊·桑塔格(Susan Sontag,1933—2004)写过一篇题为《朝圣》的小说,里面的女主人公和作家本人在精神成长上具有密切的相似性。一个早慧的高中生,十四岁,读书和音乐让她进入忘我的状态。一九四七年的一天,她买到一本《魔山》。"在整整一个月的时间里,这本书都在我的房间里,我几乎是一口气把它读完的。我本来想细嚼慢咽地读这本书,但兴奋和激动使我不能这样做。在读到334页到343页,汉斯·卡斯托普和克拉芙蒂娅·乔查特谈爱情的时候,我还是放慢了速度。他们说的法语,我没有学过法语,但我不愿意跳过这一段,于是我买来一本法英词典,一个字一个字地查阅他们的对话。读完了这本书,我实在舍不得放下,就以读这本书应该用的速度,每天晚上朗读一章,又从头到尾把它重读了一遍。"

她把书借给朋友,朋友提议:"我们为什么不去看看他呢?"那个时候,托马斯·曼(Thomas Mann,1875—1955)从希特勒统治的国土流亡美国,正居住在同一座城市里。

这个提议马上让她的阅读喜悦和对作家的敬慕之情,变为羞愧和难为情。"我有他的书。"——"我不想和他见面。"——可是朋友已经通过电话约好了。"我在忐忑不安中度过了一个星期。我将被迫去见托马斯·曼,这似乎是一件极为不妥的事情,而他要浪费时间来会见我则是一件显得十分荒唐的事情。"

这一天终于来了。"我对他充满敬畏,他就在我的面前,这使得我在开始的时候只看到了他而看不到别的东西。现在我开始多看到一些东西了,例如,他那显得有点凌乱的桌子上的东西:钢笔,墨水台,书籍,纸张，还有一套装在银框里的小照片……此外便是书，书，书，几个从地板到天花板的大书架上面全都堆满了各种各样的书。和托马斯·曼在同一间屋子里，这真是一个令人激动，令人惊异的伟大事件。但是，我也感到了我所看到的第一个私人图书馆对我的诱惑。"

整个的会面过程——谈话，喝茶，吃小点心——因为敬畏和难为情的交织而让这个女孩内心紧张，甚至她都巴不得赶快逃掉。"我现在身处文学世界的觐见室里，我渴望生活在这个世界中，即使是做一名地位最卑微的公民（我根本没有想到告诉他我想当作家，这和告诉他我在呼吸一样毫无意义。我在那里——如果我必须到那里的话——是作为一个崇拜者，而不是想要和他平起平坐）。我在这里见到的这个人只会说一些格言警句，虽然他就是写托马斯·曼的书的那个人；而我说出的都是一些傻乎乎的话，虽然我的心里充满了复杂的感情。我俩都没有处于最佳的状态。"

多年以后，她也成了一名作家。终于，她可以为当年自己的敬慕和难为情在精神成长中找到准确的位置，找到它们所开启的未来的可能性。"我现在仍然能感觉到自己从令人窒息的童年中解放出来时的兴奋和感激。是敬慕之情解放了我，还有作为体会强烈的敬慕感的代价的难为情。那时我觉得自己已是个成年人，但又被迫生活在孩子的躯壳里。后来，我又觉得自己像一个有幸生活在成人的躯壳里的孩子，我的那种认真热情的品质在我的童年时期就已经完全形成，它使我现在还继续认为现实还未到来，我看到在我的前面还有一片很大的空间，一条遥远的地平线。这就是真实的世界吗？四十年以后，我还是像在漫长而累人的旅途上的小孩子一样，不停地问着'我们到了吗？'我没有获得过童年的满足感，作为补偿，我的前方总是呈现着一条满足的地平线，敬慕的喜悦载着我不断向它前进。"

一个害羞、热情、陶醉于文学的女孩和一个流亡文学家的会面，变成了一次朝圣。朝圣，并非只是当时的强烈体验,时过境迁,那种强烈体会的敬慕的喜悦和难为情,仍然有能量释放出来,把精神的发展推向现在和将来。

二〇〇九年十月一日

通过自己懵懂的生活

大学一年级上写作课，老师鼓励我们"创作"，试着写了一篇像小说一样的东西。

一个少年考上了大学，父亲送他去一个海滨城市坐火车。全部的情景都发生在这座夏日海滨城市。对于少年来说，这只是他经过的一个地方，甚至可以说是他即将展开的人生的起点；对于父亲，这是他二十年前离开的地方，在离开之前,曾经在这里生活了八年。父亲带着儿子拜访以前一起工作的朋友，他们摇了一条小船到海里，断断续续谈些过去的事情；儿子坐在船上，起初还担心会掉进水里呢——他当然更无从想象父亲年轻时候在远洋轮船上的枯燥和冒险。他的注意力也不在这里。

船上还有父亲朋友的女儿，也许比他大一岁，他们没有多少言语，只是目光在灼热的阳光里偶然相碰。入夜凉爽的海风似乎掀开了记忆，他忽然想起小时候和女孩一起玩过，好像终于在两个人之间找到了一个可以确证的联系；但又怀疑自己搞错了，也许是别的小女孩。第二天他一个人离开这座城市，大海在火车车窗前一晃而过，没来得及反应，就不见了。

写作老师说，这篇东西给他的感觉是，好像一个长篇的一个章节，一个大东西的小局部，缺少发展。这个评价让我颇为失望，心里也有点不服气：如果一个东西能暗示出一个比它更大的东西，如果一个东西包含了很多发展的因素却并没有让它展开，不是更有张力吗？少年气盛，不懂得接受别人的意见。

没有想到，这篇幼稚的试笔却得到了另外一个老师的注意。我们的班主任李振声老师，到写作老师那里去，偶然看到这篇东西，就来找我，跟我谈了很多，主要内容是读书，自己去找什么样的书来读。让我吃惊的是，他说：课嘛，有的课其实没有多大意思，只要能够对付过去，及格就行。

很多年以后，我跟他说起这个话，他不承认自己说过。可是这哪里会错，这样的话对大学新生来说，实在是太出乎意外而不能不印象深刻了。

李老师还说，看你写东西的路数，不妨去仔细读读《都柏林人》，或许有启发。

我就是这样开始读詹姆斯·乔伊斯的。先是《都柏林人》，孙梁等译，上海译文出版社一九八四年版，温暖的黄色封面，亲切的小三十二开本。其实有些地方不怎么懂，但不懂有什么关系？人生我们也不怎么懂，还是可以磕磕绊绊、冒冒失失地过。接着是《一个青年艺术家的画像》，黄雨石译，外国文学出版社一九八三年版。后来看到李老师在一篇文章里特意说到这个书名的翻译问题，但也完全无碍于此前此后对这本书的喜欢。小说结尾，写下了这样几句话，没有几个人敢这么说：妈妈写信说她天天祷告，"希望我能在远离家庭和朋友的时候，通过自己的生活慢慢弄清楚什么是人的心肠，它都有些什么感觉。阿门。但愿如此。欢迎，啊，生活！我准备第一百万次去接触经验的现实，并在我的心灵的作坊中铸造出我的民族还没有被创造出来的良心"。

那时候能够找到的还有一本评论性的小册子，《乔伊斯》，约翰·格罗斯写的，三联书店一九八六年版。至于我们几个同学津津乐道的某个"八卦"，想不起来是从哪里看到的了，说的是乔伊斯和普鲁斯特在巴黎某个晚宴上的一面之缘：他们话不投机到极点。

等到读《尤利西斯》，已经是一九九四年，这一年萧乾、文洁若的译本（译林出版社）和金堤的译本（人民文学出版社）一前一后出版。我有萧乾先生的签名本。不过，读这部乔伊斯最为著名的作品，兴致反倒不如八十年代懵懵懂懂那个时候了。

二〇一二年夏天,"天书"《芬尼根的守灵夜》即将有中文本出版的消息传播开来,到年底,我终于拿到了上海人民出版社的新书,第一卷,盒套装,附有《乔伊斯画传》。这是一本不可能被翻译的书,我的同事戴从容却做了这件不可能的事。如何不可能,看看一页正文跟着一页注释的排版方式,就能感受得到了,更不要说并排在正文中很多词语后面的可能有的多种含义。我根本不敢想象这样的翻译过程是怎样一场经年累月的文字搏斗。

二〇一二年八月六日

漫长的相遇

我读博士一年级的时候，有一门英语口语课，老师是个年轻的美国女诗人，刚拿到 MFA 的学位不久，很兴奋地跑到中国来了。她让我们给自己起个英文名字，我估计老外要分清中国人的名字，大概像我们要记住他们的名字一样难。同学们有点搞笑地弄了一堆名人的名字戴到自己头上，要么是总统，要么是大亨，一个女生说自己是玛丽莲·梦露。轮到我，我说，威廉·福克纳。

这个名字出乎老师的意料，也引起她的兴趣：你想，她是文学写作者嘛。"你读过福克纳？"

我报了一连串的名字:《喧哗与骚动》《我弥留之际》《去吧，摩西》等等。

"天哪,你读了这么多。好多我们美国人都读不懂。你读得懂？"

我的口语很烂，但我对福克纳的作品真的很熟。这种熟悉让诗人老师惊讶不已。她的神情刺激了我的虚荣心，索性显摆起来。我给她讲福克纳的用词，举了一个例子，是《熊》里面的，corridor（走廊），从具体到抽象，从空间到时间，讲得天花乱坠，诗人老师频频点头，不由地走到我的座位前。

人的一生偶尔是会有好运气的。那天上课前，我刚好到图书馆借了一本英文版的研究华莱士·斯蒂文森的著作。她看到了我课桌上的书。斯蒂文森啊，这位前辈大师说不定是我的年轻老师的偶像呢，况且在中国的课堂上见到诗人老乡，哪里能不内心激动。

我想就是在那个时刻，老师决定给这个学生一个好成绩。否则就很难解释，我后来放心大胆地逃掉了绝大部分课程，最后的成绩是A。就我那烂口语，哈。

现在我可以讲老实话了。我读的福克纳，全是汉语译本，其中最主要的，是李文俊先生翻译的那些长篇，此外还有陶洁先生翻译的长篇和中短篇。至于那条神奇的、寓意丰富的"走廊"，则是我从夏济安先生《现代英文选注评》里面偷来的。

我一九八五年上大学，一下子就掉进了对西方现代文学的热烈的冲动氛围之中。李文俊先生翻译的《喧哗与骚动》是一九八四年上海译文出版社出的，保守一点说，我们班至少有十个人买了这本书，读过的当然更多。福克纳、《喧哗与骚动》、班吉——小说里的那个白痴叙述者，频繁地出现在年轻作家和文学青年的口中。想想也有点不可思议，在福克纳的主要作品还没有翻译成中文的时候，一九八〇年，中国社会科学出版社就出过一本厚厚的《福克纳评论集》（李文俊编）。一九八五年中国文联出版公司出了一本《福克纳中短篇小说集》,绿封面,也是我们捧读和讨论的书。

可是福克纳有那么多的作品,读不到怎么办?等吧,怀着热切的期待,打听翻译家工作的进度。

等到一九九〇年,李文俊先生翻译的《我弥留之际》由漓江出版社出版,我自己觉得这本书我更懂一些。再等几年,一九九六年,上海译文出版社又出了李先生译的《去吧,摩西》。读完这本书,我就从社会又回到了学校,走进了英语口语课的课堂。

那种等待福克纳新书的心情仍然在持续:一九九七年陶洁译的《圣殿》出版;一九九九年是王颖等译的《掠夺者》;二〇〇〇年是李文俊译的《押沙龙,押沙龙》、陶洁译的《坟墓的闯入者》。这些都是上海译文出的。八十年代以来当然也有其他出版社出福克纳,但数量很少。

这是一种奇妙的感觉:等待着相遇;多年之后,再次相遇;再次,再次。后来,后来,不知道从什么时候开始,等待的心情消失了,不知不觉消失了。这大概是进入新世纪后的事情。

复旦后面有个大学书城，卖的多是折价书，每次走进去，我都会走到最后面一排书架前，看看那套精装的福克纳文集，落了一层灰，多少年都没有人动过的样子。把三十年的主要精力用在福克纳译介上面的李文俊先生，多少有些抱怨地说，一般读者（包括一些作家）对福克纳的认识似乎仅仅局限于：他笔下有个叫班吉的白痴爱追逐女生，还有这位得了诺贝尔文学奖的南方佬不大喜欢用标点符号，据说这就是"意识流"手法。

我也说不出我从福克纳那里学到了什么，但青年时期那漫长的期待和一次次的相遇，确实是无比美妙的经验。况且，还发生了这样奇异的事情：汉语译文帮助我得到了英语口语的优秀成绩。

二〇一二年七月二十八日

不同年岁,不一样的养料和表现

二〇〇九年秋天,我和严锋在法国旅行,火车上对坐闲聊,严锋兴起,背诵了很多诗歌。普希金的《致大海》,雪莱的什么诗,都曾经传诵一时。忽然他用英文背诵,风格骤变:

Let us go then, you and I,
When the evening is spread out against the sky
Like a patient etherized upon a table;

我说，T. S. 艾略特，《普鲁弗洛克的情歌》。他也许是明知故问，你怎么一下子就听出来了？我说，那是我们共同经历的年代啊，八十年代，T. S. 艾略特的诗让多少文学青年沉迷。记得吗，那时候袁可嘉等选编的《外国现代派作品选》，是用车拉到复旦校园去卖的，中午的食堂前围了一群人抢购。袁可嘉选T. S. 艾略特的诗，《普鲁弗洛克的情歌》用老同学穆旦的译文，《荒原》是赵萝蕤重新修订的译文。后来漓江出版社"诺贝尔文学奖获奖作家丛书"里有了裘小龙等翻译的那本厚厚的《四个四重奏》，我好几个同学有一阵子都书不离手，不断地在书页上划条条杠杠、波浪线、三角符号。

当严锋的英文一句一句传进耳中的时刻，我脑子里很自然地转换成了穆旦的汉语译诗。当然，这也是因为，我熟悉和喜爱穆旦——

  那么我们走吧，你我两个人，

> 正当朝天空慢慢铺展着黄昏
>
> 好似病人麻醉在手术桌上;
>
> 我们走吧,穿过一些半冷清的街,
>
> 那儿休憩的场所正人声喋喋;
>
> 有夜夜不宁的下等歇夜旅馆
>
> 和满地蚌壳的铺锯末的饭店;
>
> 街连着街,好像一场讨厌的争议
>
> 带有阴险的意图
>
> 要把你引向一个重大的问题……

年轻时候读 T. S. 艾略特,和现在读,关注的东西有所不同。T. S. 艾略特自己,也有年轻的时候,有中年和老年,不同时期,不那么一样。比如说,现在,五卷本《艾略特文集》(上海译文出版社,二〇一二年)放在面前,以往的兴趣仍在,但另外还有体会,会觉得 T. S. 艾略特功成名就之后,平心静气地回顾自己在不同时期所需要的不同养料,很有意思。

"我年轻的时候，伊丽莎白时代次要的剧作家比莎士比亚更让我感到自在：打个比方，前者是与我大小相仿的玩伴。"有些诗人，在特定的时期能从他身上学到东西：朱尔·拉弗格，"我能说他是第一个教我如何说话的人"；波德莱尔，他的两行诗"拥挤的城市！充满梦幻的城市，/大白天里幽灵就拉扯着行人！"给一个青年的启发是，在美国工业城市的经验也能成为诗歌的材料。(《但丁于我的意义》)"他们曾经让我感到发现了新天地，同时也发现了自我，那种无比兴奋和豁然开朗、超然无羁的感觉，现在自然已经没有了，但那样的经历本来就只能有一次。"(《批评批评家》)

另外却有一种启发和得益，是不断积累型的，随着年龄的增长而慢慢持续地显现，比如莎士比亚和但丁。这种屈指可数的伟大诗人的影响，不只发生在成长过程中的某一特定阶段，也未必能够在文本里面找到对应的证据，却可能是更重要、更基本的养料。《但丁于我的意义》这样的演讲，只有在中老年时期才讲得出来、讲得清楚吧。

我觉得很有意思的，还有与上面所说相通的一点，就是T. S. 艾略特说到自己的影响，有一个有趣的发现：他发现他早期的文章给人的印象更深。"我想有两个原因。一是年轻人的武断。年轻的时候，我们看问题棱角分明；随着年岁渐长，我们喜欢说话留有余地，即便明确的观点，也要多加限定，喜欢插入更多的括号。我们能预见自己的观点可能会受到怎样的反驳，我们对论敌更为宽容，有时甚至是同情。而年轻的时候，我们说起自己的观点来底气十足，坚信自己掌握了全部真理；我们要么激情澎湃，要么义愤填膺。读者都喜欢十分自信的作者，就连老练的读者也不例外。"还有一个原因，早期的文章，"都是在暗中为我和我的朋友们所写的那种诗辩护。这就使我的文章有了一种气势，带着辩护者的迫切和激情。我后期的文章就没有了这种气势，个人感情因素少了，但愿是更公正了些"（《批评批评家》）。

T. S. 艾略特从自己身上体会到的情形，其实带有普遍性。更早的时候，巴拉丁斯基在给普希金的信里就抱怨过这种现象："我想，在我们俄罗斯，诗人仅仅在自己初期未成熟的试验中能指望获得大成功。所有年轻的读者在他身上都几乎找到了被赋予辉煌色彩的自己的感情、自己的思想。诗人成熟了，深思熟虑而观察敏锐地写作。"——那就令人厌烦了。

我想，在我们这里，二十世纪中国文学史，差不多（这可是不再年轻的人留有余地的用词）就写成了青年文学史。

二〇一二年八月至十二月十四日

时间会把缘分转来

　　马尔克斯去世，不出意外，微博、微信，即时成为集中缅怀之地。我过去的一个学生，挖苦地发了一句："与马尔克斯装熟日开始。"部分倒也是；不过，有些人确实有真实的阅读记忆，不必装模作样给别人看。

　　读大学那会儿，上个世纪八十年代，《百年孤独》带来的那种爆炸式的启悟和持久的震惊，在文学青年那里真切得如同抑郁阴霾的日子猝然遭遇暴雨和暴雨之后的烈日。至于对当代小说的影响，很多年后有人——不止一两个人——以不屑的口气说，只不过是马尔克斯开头的句式，得到了不厌其烦的重复模仿。这当然是胡扯，不过你不能期望习惯胡扯的人看到更多的东西，无论是从马尔克斯的作品还是从中国当代文学里。

加西亚·马尔克斯放纵不羁的野性的才华，疯狂生长的叙述能量，不是征服了做着作家梦的我的几位同窗好友，而是解放和刺激了他们自己的才能，下笔如有神助，文字迎风唱歌。二十多年后的今天，我仍然遗憾他们在三百字绿线格稿纸上创造的既现实又神奇的世界没能出现在公开发行的文学杂志上，所以只能在私下里说，他们比当时最优秀、最活跃的几位小说家一点儿也不逊色。

《百年孤独》我读的是高长荣的译本，北京十月文艺出版社一九八四年版。因为这本书，又去找来先前出版的《加西亚·马尔克斯中短篇小说集》，上海译文出版社"外国文艺丛书"中的一种，赵德明、刘瑛译，一九八二年出的，马尔克斯就是这一年获得了诺贝尔奖。后来我们读《番石榴飘香》，马尔克斯和门多萨的谈话录，林一安译，北京三联书店一九八七年版。这一年我们还盼来了《霍乱时期的爱情》，袁殿池、沈海滨译，黑龙江人民出版社版。

意想不到的是，《霍乱时期的爱情》我根本读不下去，连第一部分都没有读完。此后的许多年里，曾经好几次又打开这本书，却每一次都不得不遗憾地放回书架。它和《百年孤独》激起的阅读期待在大方向上都不同，更不要说细枝末节了。我想，我这个读者和这本书没有缘分。

前年，听朋友说要买《霍乱时期的爱情》新译本（杨玲译，南海出版公司，二〇一二年），忽然心动：过了这么漫长的时间，也许缘分会转来。真是奇妙，这次一读之下，不忍释卷。余华说《百年孤独》是天才之书，《霍乱时期的爱情》是生活之书，未尝没有道理。年轻时候企羡炫目的天才，哪里有耐心体会平实生活的滋味。《霍乱时期的爱情》是生活之书，也是传奇之书，但这传奇不用传奇的方法来写，而是以平实的生活来写，这就不是一般的作家能做到的了。特别是，人物之间几乎没有发生什么非常曲折的事情，有的只是等待，一天一天地等待了五十多年。是传奇，但绝不把传奇浪漫化，灾难中的国家、肮脏的港口、浑浊的河流、随处可见的尸体，他们置身于这样的环境中，仍然坚持着他们自己的生活，仍然信守着他们自己的内心世界。小说的结束，是阿里萨在五十三年七个月零十一天以来的日日夜夜一直都准备好了的答案，而我，当年甚至没有好奇心看看最后一页，现在终于读到了这个平实而震撼的答案。

所以，说到后来，还不只是阅读的记忆，还有时间的推进，阅读的成长和成熟。

二〇一四年四月十八日

为了获得空白而跑步，抽烟，喝茶

《当我谈跑步时，我谈些什么》有一段话让我特别认同，并勾起我的愿望写写我的抽烟、喝茶的体会。似乎不合情理，村上春树因为跑步而戒烟，我却觉得我的抽烟在一种意义上和他跑步相同。思维有时候就是这么乱来。

我并不是村上的热心读者，却很早就读过他的作品。那是在中国留日学生办的一本杂志上，还是铅印的吧，翻译了他的一组短篇小说。杂志的名字想不起来了，那组作品，记得其中一篇说，三十五岁是人生的"折回点"。我才二十几岁,这个"折回点"的说法引发我一点兴趣。那时候当然想不到以后村上会这么风行世界,村上自己恐怕也是没有料到吧。我熟悉一位村上的老粉丝,是我的师兄张国安,武汉大学七七级的,后来在上海读博士和教书,每回坂井洋史到上海来,给他带的总是村上的新书。我觉得奇怪,他是写苏曼殊传的,怎么跟年轻人一样迷村上呢?可是坂井说,在日本,村上的读者多是他这一代人,而不像在中国,是年轻的小资、大学生,甚至是中学生。再后来,国安兄失踪了,留给他的亲人和朋友无从解答的疑惑。有一年我和一位小说家到韩国参加一个活动,谈起她的大学同学,她也很惊奇他迷村上,也很疑惑他的失踪。

二〇〇六年初春,坂井夫妇开车带我游览武藏野,指着某处说,那可能就是《挪威的森林》男女主角谈恋爱常去的地方,直子读书的大学就在附近。我呢,看过了武藏野的风景,才好像对《挪威的森林》有了一点实感。

村上的小说我没有读过的多于读过的,怎么会读这本《跑步》呢?也许因为它不是小说吧。它是自传性质的,只不过比通常的自传单纯,跑步的自传。

他那样日复一日,年复一年地跑步,当然常常会遇到有人问他这样的问题:跑步时,你思考什么?

"我跑步,只是跑着。原则上是在空白中跑步。也许是为了获得空白而跑步。"就是这段话。我用的南海出版公司二〇〇九年的版本,是施小炜的译文。怎么可能什么都不想呢?"即便在这样的空白当中,也有片时片刻的思绪潜入。这是理所当然的,人的心灵中不可能存在真正的空白。人类的精神还没有强大到足以坐拥真空的程度,即使有,也不是一以贯之的。话虽如此,潜入奔跑着的我精神内部的这些思绪,或说念头,无非空白的从属物。它们不是内容,只是以空白为基轴,渐起渐涨的思绪。"

我闲着的时候抽烟,喝茶,数量有点过头。但不同于很多烟民，我在公共场合从不主动抽烟，也想不到要抽烟。别人递来的会很自然地抽起来，实际上却觉得不抽更好。不是我自律，更主要的是，自己没有享受的感觉。有不少人写作的时候抽烟，我写东西一定不抽烟。只有在闲着的时候，特别是一个人，万事都关在门外，抽烟喝茶才变成了享受。

享受什么呢？用村上的说法，就是享受空白。有人思考的时候抽烟，更进一步的说法是抽烟有助于思考。我抽烟喝茶的时候什么都不想，有些不知怎么来的思绪和念头，也是村上说的"空白的从属物"，反而使空白更是空白。

关于空白和空白的从属物，村上用了天空和云朵作比喻。浮上脑际的思绪就像飘然而至又飘然而去的云朵，"然而天空犹自是天空，一成不变。云朵不过是匆匆过客，它穿过天空，来了去了。唯有天空留存下来。所谓天空，是既在又不在的东西，既是实体又不是实体。对于天空这种广漠容器般的存在状态，我们唯有照单收下，全盘接受"。

跑步是好习惯，抽烟是坏习惯，然而我的抽烟喝茶像村上的跑步一样，自己给自己制造了一个"小巧玲珑的空白"，从满满当当、密密挤挤的世界里抽身退出，隐入其中。在外面的时候，常常急着回去。有什么事吗，急着回去？其实什么事也没有，就是因为回去什么事也没有，才急着回去。回去，为了获得空白。

"我在自制的小巧玲珑的空白之中，在令人怀念的沉默之中，一味地跑个不休。这是相当快意的事情，哪还能管别人如何言说？"

把"一味地跑个不休"换成"一味地抽个不休"如何？似乎太可笑，实际上是有这种情形的。在外面有事可以一整天不抽一支烟，闲下来一个人待着却几乎一支接着一支。有好多次是这样的：抽烟，发呆，然后想，哎，我该抽支烟了吧；其实烟正在手里燃着。还有这样的时候：点上一支烟抽起来，一瞥眼看见烟缸边上还有一支烟兀自燃着，才想起那正是一分钟或半分钟前从嘴角取下暂时放在一边的。莫非是，得不停地抽，空白才能持续地获得；停下来，空白就溜走了？

仔细想想有些习惯是毫无实际意义的。譬如回到家里总是先泡一杯茶，有时候晚上很晚才回到家里，而且是刚从茶馆一类的地方回来，已经喝了一肚子，可还是会没有自觉地泡一杯茶。茶泡在那里，人已经上床睡觉了。和许多人喝茶，与自己一个人喝茶不大一样。回到家里，自己抽一支烟，泡一杯茶，仿佛是一个仪式，一种获得了空白的仪式。

二〇一一年一月三日

艾柯有趣

艾柯有趣，好玩。我们有时候会忘记，好玩的人也会死，所以，艾柯出乎意料地死了。那不能算是艾柯的错。

在大家那么严肃地悼念的时刻，我也从书架上抽出几本艾柯的书——这是否算得上一种小小的仪式？不过，好玩，这样说是不是太轻佻了？《玫瑰的名字》《傅科摆》怎么好玩？文学理论、符号学怎么好玩？我自己心里小声嘀咕：哦，这也都是好玩的书，只不过不是你我平常的玩法而已。

和我们平常人玩法差不多的，是艾柯的短文。但他也有出错的时候，譬如他说手机，有五种人需要：一是残疾人士；二是基于专业理由必须在紧急情况下随传随到的人，如消防队长、医生等等；三是偷情者；四是不管身在何处，都非得跟刚分手的朋友扯鸡毛蒜皮，硬要暴露内心空虚的人；五是希望大家都看见他们忙得不可开交的人。考虑到艾柯说这些话是在一九九一年，手机才用不久，他说得确有几分道理；可是现在，手机都长成了几乎每个人身体上的一个常用部位，你就没法把所有的人都归入这五类了。

但对新技术新发明出这样的错，似乎是一个了不起的人文传统。我想起俄国形式主义理论家什克洛夫斯基——就是那个讲陌生化理论的家伙——对汽车的质疑，忘记了原话是怎么说的，大意是，如果你不是一个逃犯，或者你不是追捕逃犯，你干吗需要时速多少公里以上的汽车呢？

到现在为止，他们都错了；可是，如果时间久一点,再久一点,后来的人类,会不会觉得他们是对的呢?就是现在,如果你没有了汽车,扔掉了手机,你会活得比目前好,还是差,就没有一点点疑问?

这里不是讨论这个问题的地方,还是回到艾柯。

艾柯有篇短文说省略号的用法,他说作家用省略号,多半用在句末,也常用在句子中间,或者两个句子之间——唉,博览群书的艾柯,怎么忘记了讨论王尔德的名著。我最近读黄永玉先生的《无愁河的浪荡汉子》第二部,九十多岁的老人还记得七十多年前,一个少年见到省略号非常规用法时的惊讶:"王尔德薄薄的《朵连格莱的画像》,前头打了四行跟文章一点关系都没有的虚点(……),莫名其妙。"

我翻检读过的艾柯,只有一本书两处折了页。这本书是专栏文章集《密涅瓦火柴盒》,后衬页我记了一行字:二〇〇九年十二月二十三日读完;现在,我又添上一行字:二〇一六年艾柯去世,终年八十四岁。折页的两篇文章,一是《用指腹读书》,一是《古典作品赞》。

前一篇解释一个奇特的现象，所以折页，是因为好多年前，我写了篇看似玩笑实则认真的短文《说书呀，不是这么回事儿》，也说到这种现象：某本书在你的书架上待了好多年，你从来没有读过，有一天，你拿来读，却惊讶地发现，你居然了解书的内容，像读过一样。艾柯给出三种解释：一、过去的时间里，你挪动过这本书，擦擦灰，或者把它往旁边挤了挤，在这样的过程中，书的若干内容通过指腹传达到了大脑，这类似触觉阅读法，像盲人读盲文；二、偶尔瞅上一眼封面，标题，甚至翻几页，这都算阅读，而每次阅读量十分有限，反而阅读的内容都能吸收；三、多年来阅读了许多其他相关内容的书，无意中对这本书的内容有所了解。

这三种解释都合理，但我觉得还不够，因为你不能把奇特现象中的一切都合理化，稍嫌坐实了。你书房里的书，并非只有在你实际打开的时候才散发信息，它也许一直都在散发信息，只是你能否接收罢了。阅读是获取信息的最基本、最常规的途径，却并非绝对唯一的途径。一本书有它发散信息的隐秘方式。这也是我一直反对给书再包封皮的原因。无论如何，艾柯这样的说法，许多爱书人会有同感："或许我们仅仅是触摸了它的文字、纸张和颜料，而这本书已经向我们讲述了一个时代、一个空间中的故事。当所有这些元素奇迹般地'聚集'在一起时，就会让我们对这本并没有正经读过的书产生一种莫名的亲切感。"我甚至想，是否对没有读过的书有这种经验、体会和感情，可以作为检测一个人是否为真正爱书人的一个方法。

《古典作品赞》这样的题目难出新意，但即便是老生常谈，也好。古典作品本书即可看作老生常谈。艾柯观察到，在价值危机的时代，读者在寻找一些"可靠的东西"，而古典作品给人以"安全感"："因为这些经典作家能够在手抄本盛行的年代里，吸引无数读者竞相传抄自己的作品，并在漫长的世纪更迭中战胜时间的惯性和人类的遗忘本能。"读古典作品，还因为，"一位经典作家不仅能告诉我们人类在很久以前的思维方式，还能让我们明白为什么我们在今天仍保持着同样的想法。阅读一部古典作品就如同对我们的文化现状进行一次精神剖析，读者能在其中再次找到远古的线索、记忆、模式和场景……"此外，古典作品还为我们"保留着另一份惊喜"，当现在的某些人自以为是地宣称创立了某种新思想时，艾柯说，"我常常惊愕得无言以对：哎，他们根本不知道早有古典思想家在一千年前就成功地提出类似理论了（换言之，他们的所谓新理论早在一千年前就显得落伍了）"。

《密涅瓦火柴盒》的最后一篇是《我们如何笑对死亡》，这是一个爱思考的学生向艾柯提出的问题。艾柯说，相信这个世界上所有的人（五十亿人口）都是混蛋，死亡就变得轻松甚至美妙了。疯疯癫癫的青年男女，自以为揭示宇宙奥秘的科学家，妄图以一剂药治疗社会百病的政客，炒作花边新闻的媒体人，生产污染性产品的企业家，都是混蛋，死亡让你得以脱离这个混蛋世界。但是——有了这个转折，才是艾柯——相信别人都是混蛋是一门微妙的艺术，需要用心钻研，却无须心急，不到最后一刻，你都要抵御"看破红尘"的想法，要坚信某些言论的价值，某本书的品味，某个人的爱心，拒绝承认其他人都是混蛋的想法是人性化的，是人类的本能，也是我们活着的意义。"直到临死的前一天，我们还应该认为某个我们所爱或所敬的人不是混蛋。真正聪明的做法是在死亡来临的那一刻（而不是之前）才认为连他也是混蛋。然后就在这一刻闭上双眼。"

二〇一六年二月二十六日

书的价值和价格,还有人对书的感情

要是你还不能决定是否花一个晚上读读里克·杰寇斯基(Rick Gekoski)这本《托尔金的袍子》(王青松译,上海译文出版社,二〇〇一年),那么你就花两分钟看看我这里复述的故事好了。

作者是个珍本书商人,他在一九八八年春季的待售书目录里列出纳博科夫的《洛丽塔》,一九五九年伦敦版,作者签名本,标价三千二百五十英镑。小说家格雷厄姆·格林看到后给他写了一封信,说如果你那本能标价那么高,"那由他签赠与我的巴黎版该价值几何"？一九五五年的巴黎版才是真正的首版，而且这正是珍本书商所称的"关联本"——作者题赠给另一位名人的书。四千英镑，他从格林那里把《洛丽塔》带了回来。第二天上午，一位朋友来访，对着《洛丽塔》两眼放光，开了张九千英镑的支票，把书带走了。故事还没有结束，一九九二年，他以一万三千英镑再次买进那本书，但不久又转手。过了十年，二〇〇二年，那本书在嘉士德拍卖会上现身：两万六千四百美元。

商人，当然讲的是交易，而交易，就有价格的高低起伏。但珍本书的价格，至少在这本书里讲的珍本书，似乎只是一路攀升。为什么呢？如果仅仅是个买进卖出的交易商，就未必讲得清楚了。

这本书的作者还是个文学行家，他在牛津拿到博士学位后，到一所大学教二十世纪文学，后来辞职专做书商，经营文学珍本，背后还是有专业功夫。所以他讲的故事，一半是交易，令人头晕目眩的价格高歌猛进；另一半是，这些作品的文学价值被承认之前，不受待见的屈辱、出版的一波三折、问世之后出人意料的成功，等等。对文学史了如指掌，又能把教书匠枯燥乏味的知识变换成活灵活现的情境进行叙述，再加上交易（价格是这个时代最牵动人心的东西了），而且是他本人参与其中的交易，这些"大作家与珍本书的故事"，就真的很好看了。

当然，如果你不是对书有感情的人，你也不会觉得好看。作者对书有感情，对他生意范围的二十世纪文学更是情深意切，所以说起一本书的前世今生，才会情动于衷，感慨系之，而不仅仅是精彩刺激的故事而已。

感情也和估值有关。在他看来，卡夫卡《审判》的手稿拍卖高达一百万英镑，"这还是便宜的：因为那笔钱连一幅贾斯伯·琼斯的劣作也买不到"。所以，当"垮掉的一代"代言人凯鲁亚克《在路上》的手稿拍卖的时候，嘉士德开足了马力大肆宣传，以求打破纪录。这份手稿是宽九英寸、长一百二十英尺的打字稿，展开来就是一幅长卷，看上去可不就是一条路。最终成交价是两百四十三万美元。买家打算带着这部长卷手稿,沿着凯鲁亚克当年的路线重走一遍,这个决定恐怕也有感情的因素起作用吧。

作为一个书从手上流进流出的商人,感情这个东西还真是个问题。"你承受不起多愁善感的代价,决不能和经手的书有太多感情瓜葛,发生太过深刻的联系。除非你腰缠万贯,否则你经手的书都不值得长久留存,无论你多么爱它们也不行。'爱'这个字在此可能有些煽情,我使用它也有点犹豫不决。但是,每过一阵子就有一本书冒出来,散发出透彻肺腑的吸引力,让你爱不释手,甚至为之心荡神摇,六神无主,无法割舍。"不断经历留存和割舍之间的感情挣扎,这生活,真够折腾的。

总有决不割舍的,在作者,是《尤利西斯》。一九二二年二月二日,乔伊斯生日这天,在巴黎寓所接到了刚刚印出的头两册书。出版这本书的,是一个年轻的美国女士,在巴黎左岸开"莎士比亚书店",此前还没出过书呢。《尤利西斯》第二版的一本在二〇〇二年创下四十六万美元的高价,是当时二十世纪文学作品拍卖的最高纪录。"我拥有(是珍藏着)首版《尤利西斯》七百五十册中的一册,上面有乔伊斯的签名。"他不但不会卖它,而且不会碰它,不会去翻开来读,为了保持它的品相:"只要我一天不去翻开来读,它的品相会一直完好地保存下去。都活了这么大年纪了,我一直都能屏牢了不去碰它,可真是我人生的一大快事。"这种体验,算得上特别吧。

(岔开说件事,在巴金捐赠给北京图书馆的藏书中,有一本莎士比亚书店一九二四年出版的第四版《尤利西斯》,扉页上有巴金的墨笔签字"金"、图章和藏书章,书的背后盖有上海常熟路大同旧书店的"价格章",书价是人民币四元。)

如果像我这样一个读者,可以从作者所谈论的二十部名著的珍本中选一种自己最喜欢的(当然了,只是说说而已,买是买不起的),我毫不犹豫会选——在作者最喜欢的二十世纪书籍中"名列第二"的——

T. S. 艾略特的《诗集》，一九一九年出版，寥寥数页，封面如一幅油画。这本书是由小说家弗吉尼亚·伍尔夫和她丈夫雷纳德开办的霍加斯出版社手工印制发行的。这里的故事表面上平静如水，水面之下却可能暗潮起伏。我指的是弗吉尼亚·伍尔夫在制作这本书过程中的心理状态。一九一七年，伍尔夫夫妇买了一台印刷机、一套字模、制版框、活字盘，弗吉尼亚开始了半职业化的印刷工生活："检字、排版与印订书籍对弗吉尼亚具有一定的疗效，这一切把她从文学创作时紧绷的想象工作中解脱出来。"说得更明确一点，这有助于防止弗吉尼亚神经崩溃反复发作。曾经有一年的时间，《尤利西斯》的书稿因找不到印刷商就躺在伍尔夫夫妇家中，当然他们也没法接这个活，因为，按照弗吉尼亚排印的速度，要完成这个工作，差不多要四十七年之久。一九一八年，他们和一个白天在银行工作、晚上写诗的美国青年一拍即合，出版他只有几首诗的诗集。《诗集》共印制二百五十册，定价两先令六便士。"过去这些年里，我经手过五本不带签名的一九一九年版《诗集》，最近的一本售价是一万英镑。每一本书我都记得清清楚楚，有一本是红色布面花纹装订的，一本是蓝色布面花纹装订，另外三本是大理石花纹纸面的，但都稍有不同。每当我闭上眼，它们每一本的模样就会在我眼前清晰地浮现，而我依旧怀念它们，仿佛是我一手抚养成人的孩子，待它们长大后，就放手让它们到世间去闯荡。"

一部文学作品的价值，它的物质化的形式（珍本、普通本、首版、签名本，等等）的价格，人对文学价值的发现和认识，对书的物质化形式的感情，这是不同层面的问题，通常我们都是分开来谈论的。这本书的作者却把这些不同层面的东西交织在一起，交织出五彩斑斓的书的身世和命运。

他是一个很好的"说书人"。

二〇一一年七月十七日

《阿丽思地下漫游记》以及赵译《漫游奇境记》

在牛津基督堂买了本小书,《阿丽思地下漫游记》,手稿本(*Alice's Adventures Under Ground,* The Original Manuscript, The British Library 2014)。收银员送一个蓝色袋子,上面印着 Home of Alice in Wonderland,并附一个会心的微笑。基督堂学院的数学讲师查尔斯·道奇森(Charles Dodgson)当年手写手绘,自己做了这么一本小书,送给阿丽思作圣诞礼物——这份礼物的"后身"《阿丽思漫游奇境记》,以后就成了世界上无数儿童的礼物。

阿丽思迷大都知道这个历史性的一天吧：一八六二年七月四日下午，道奇森和他一个朋友划船带三个小女孩游玩，三姐妹居中的一个，十岁的阿丽思，最受道奇森喜欢；孩子们要道奇森讲个故事，他一边划船，一边就讲起一个阿丽思的故事。听故事的阿丽思经常插嘴，有时就把故事引往意想不到的方向。晚上送孩子们回家，阿丽思忽然一本正经提出一个请求：道奇森先生，你能把这个故事写下来给我吗？

道奇森写下了这个故事，而且特别用心画了三十七幅插图，其中十四幅整页图，制成一本九十页的精美小书，于一八六四年十一月二十六日，离圣诞节还有一个月，就作为礼物送给了阿丽思："给一个亲爱的小孩的圣诞礼物，以纪念一个夏日。"

好几位朋友鼓励道奇森出版这本书，他动了心，把这个故事做了修改，增加两章，书名变成了 *Alice's Adventures in Wonderland*，又请约翰·坦尼尔（John Tenniel）插画——他最初想过用自己费了很大精力绘制的插画，但终于因为不够专业而放弃。一八六五年，《阿丽思漫游奇境记》出版，作者署名刘易斯·卡罗尔（Lewis Carroll）——当然，这个名字的影响迅速就大大超过了作者的本名。

那本《阿丽思地下漫游记》的手稿，以后怎么样了呢？

一八八五年，阿丽思结婚五年之后，道奇森写信求借这部手稿，他打算复制出版，利润捐赠给儿童医院。阿丽思同意了。手稿复制的《阿丽思地下漫游记》一八八六年出版。两年后，道奇森去世。

一九二八年，阿丽思七十五岁，决定卖掉这部手稿。她出席了伦敦苏富比拍卖会，眼睁睁看着这份童年的礼物拍到了一万五千英镑，买家是美国书商罗森巴赫（Dr Rosenbach）。英国人当然不愿意手稿流出国外，但也无计可施。书商把手稿带回费城，卖给富有的收藏家埃尔德里奇·约翰森（Eldridge Johnson）。这位收藏家复制五十本，分赠给他重要的朋友。一九四六年，收藏家去世之后，这部手稿又在纽约拍卖，买下它的还是先前的那个书商，这一次，他花了五万美元。

这本小书的命运，基本可以想象，将在收藏和拍卖之间流转；不料发生了转折：著名藏书家罗森沃尔德（Lessing Rosenwald）说服一些富有的捐献者买下了手稿，要送还给它自己的国家，以此表达对英国人在二次大战中英勇牺牲的感谢。一九四八年十一月十二日，这本小书漂洋过海到了大英博物馆，美国国会图书馆馆长和坎特伯雷大主教进行了交接。

《阿丽思地下漫游记》现在是大英图书馆展示的众多珍宝之一；大英图书馆还藏有刘易斯·卡罗尔的九册日记。

《阿丽思漫游奇境记》第一个中译本是赵元任翻译的，一九二二年商务印书馆出版。一九八八年，我读商务出的英汉对照本，最使我感动的，竟然是赵元任写的"凡例"。至今想来，还是肃然起敬。为什么呢？

现在我们看到 he, she, it, 不过脑子就翻成了他，她，它；不到一百年前，赵元任还要在"凡例"里特别提出来说明。"凡例"共十条，说的是这些问题：读音，读诗的节奏，语体，翻译，"咱们"、"我们"、"他"、"她"、"它"，"的"、"底"、"地"、"得"、"到"，"那"、"哪"，"了"、"嘞"、"啦"，标点符号。现在，这些大都不成问题了；可是现在的不成问题，得经历一个过程，得从问题开始。

这个过程，是现代汉语发展的过程；初始阶段的试验之功，后人享用，久而不觉。《阿丽思漫游奇境记》如今有众多译本，赵译在现代汉语早期的试验性意义是独有的。赵元任当初翻译这本书，除了因为这本书本身的价值之外，也有自己语言试验的目的，所以译者序最后特意说："现在当中国的言语这样经过试验的时代，不妨乘这个机会来做一个几方面的试验：一，这书要是不用语体文，很难翻译到'得神'，所以这个译本亦可以做一个语体文成败的材料。二，这书里有许多玩意儿在代名词的区别，例如在末首诗里，一句里 he, she, it, they 那些字见了几个，这个是两年前没有他，她，它的时候所不能翻译的。三，这书里有十来首'打油诗'，这些东西译成散文自然不好玩，译成文体诗词，更成问题，所以现在就拿它来做语体诗式试验的机会，并且好试试双字韵法，我说'诗式的试验'，不说'诗的试验'，这是因为这书里的都是滑稽诗，只有诗的形式而没有诗文的意味，我也不长于诗文，所以这只算诗式的试验。"

周作人一九二二年介绍这本书，着眼于天真而奇妙的"没有意思"在儿童文学上的价值，也说及赵元任的翻译："对于赵先生的译法，正如对于他的选译这部书的眼力一般，我表示非常的佩服；他的纯白的翻译，注音字母的实用，原本图画的选入，都足以表现忠实于他的工作的态度。"

以前我常在课堂上推荐赵译《阿丽思漫游奇境记》，而且建议对照原文看翻译，除了不用说的原因——原著的趣味横生，译文的曲尽其妙——我还希望我们这些享用现代汉语的人，能多少对自己时时在用的语言，有点儿历史的意识，不要觉得它是天上掉下来的，就好。

我当然知道，由《阿丽思地下漫游记》手稿说到这里，其实是不相干的两个事；我大概太过执念，借着这个机会，说这么个简单的意思，不嫌自己絮叨，也不怕坏了文章的作法。

二〇一六年九月五日

歌

二〇〇二年,我在韩国釜山大学做交换教授,常常进进出出学校边上的几家小书店。这有点奇怪,我不懂韩文,逛书店是不是装模作样?虽然不免心虚,还是去过不少次。大概是出于习惯,更因为上课之外的空闲时间很多,这也是一种消磨方式。一天傍晚,在角落里发现一本英文书,厚厚的《布罗茨基英语诗集》,眼睛一热:在一大堆看不懂的书籍中间,找到能够阅读的文字,像看见了亲人;不是母语也一点不减少亲切,因为是布罗茨基啊。

上个世纪八十年代后期读大学的时候，宿舍隔壁一个同学，张口闭口布罗茨基，滔滔不绝，我们干脆送他一个绰号，就叫布罗茨基。也有人心生嫉妒，又不是他一个人喜欢布罗茨基，凭什么就他赢得了这个名字。

我看看书价，犹豫来犹豫去，忍心决定不买，又暗自检讨小气。站在书店里，翻到简单的一首，*A Song*，默记下来，然后赶紧走回研究室，拿张纸写出。那天晚上，我想把这首诗翻译出来，可是试过几次，都觉得不对。以后几天反复试译，读读译出来的中文，声音，语气，韵律，总是不对头。不得已，只好放弃。

二〇〇八年夏天，到圣彼得堡大学开会，东方系楼下有个小花园，会前会后，会议间歇，三四天时间里都会到这里放松一下，坐一会儿，抽支烟。小花园树木掩映，四周散落很多雕像，其中我感兴趣的是，诗人勃洛克，在一个角落，那么瘦瘦长长地立着；作曲家拉赫玛尼诺夫的头像，竖在草地边上；阿赫玛托娃在树下,双臂交叉胸前,神情是忧郁,还是别的什么?说不清楚;而印象最强烈的,是布罗茨基的青铜雕像。

那是一颗头颅,放在一个破旧的旅行箱之上。

雕像就坐落在小花园一角,粗糙的水泥地,周围不是草、树和花。诗人的流亡生涯和颠簸命运一下子就凸现出来。在陀思妥耶夫斯基旧居也注意到一只旅行箱,但比起来,那只真实的旅行箱比这个青铜雕塑的破旧旅行箱,似乎要好一些。布罗茨基有一张照片,那是一九七二年六月四日他离开列宁格勒飞往维也纳,开始流亡生涯之时拍的,照片上他双腿分开,骑坐在旅行箱上。这座青铜雕像让我想起这张照片,但雕像去掉他的身体,旅行箱上只有一颗头颅,更有表现力。

而且这座雕像很小,又是直接放在平地上,你要蹲下身来,才能和它合影。

我拍照片的时候想起没有翻译出来的 *A Song*。

二〇一五年秋天在波士顿市郊宋明炜家里,他从书架上抽出一本书送我,正是《布罗茨基英语诗集》

(Joseph Brodsky, *Collected Poems in English*, New York: Farrar, Straus and Giroux, 2002），和我十多年前在韩国小书店见过的版本一样。多年来，明炜断断续续送过我不少英文书，埃德蒙·威尔逊的评论，波拉尼奥的小说，曾经在明炜任教的韦尔斯利学院教过几年书的纳博科夫的残稿——写在卡片上，编排影印成书。这些，我都喜欢；一下子触动我记忆的，却是《布罗茨基英语诗集》，曾经的眼睛一热，几乎重复了一遍。

前几天，就是二〇一七年最后一天，在微信朋友圈不出意外的辞旧迎新应景图文中，意外看到梁永安老师写他的心情，其中引用了几句翻译的布罗茨基诗。我马上把原诗 *A Song* 拍照，发给梁老师。

发完之后，忽然想，也许今天我可以翻译出来？再一次尝试，似乎找到了声音和语气，很快写出译稿；又发给朋友，征询意见，这儿改一个词那儿变一个韵，与一首字面简单的诗度过岁末。

第二天，元旦，下午我去思南书局。这个只有三十平米的概念店，是个"快闪店"，只存在六十天，每天邀请一位作家驻店和读者交流。我被安排在新年第一天，却已经是倒计时的最后阶段，倒数第三天。当天活动的主持人充满好意，把重点放在我刚出的诗集《在词语中间》上，其中一个环节，要我朗诵新书中的诗。当众朗诵自己的诗，对于我这样一个此前从未有过这种经验的人来说，实在太尴尬了。我随便读了一首，窘迫中忽然闪念，说，我再读一首——布罗茨基的诗。读大诗人的诗，或许能掩饰尴尬吧。于是，我朗诵了昨天译出的 *A Song*——

歌

我希望你在这里，亲爱的，
我希望你在这里。
我希望你坐在沙发上
我坐在近前。

手帕或许是你的,
泪水或许是我的,滑到了下巴边。
也或许,当然,
正好相反。

我希望你在这里,亲爱的,
我希望你在这里。
我希望我们在我的车里,
你转换车档。
我们会在别处发现自己,
在未知的海岸上。
或者我们去往
我们以前的地方。

我希望你在这里,亲爱的,
我希望你在这里。
我希望我对天文无知

当星星出现，
当月亮擦过水面
叹息和改变在它的睡眠中间。
我希望还是一枚二十五美分硬币
拨一个电话给你。

我希望你在这里，亲爱的，
在这个半球，
当我坐在门廊，
饮一瓶啤酒。
傍晚了，太阳正在沉降；
男孩呼喊而海鸥哭叫。
遗忘有什么意义
如果跟在后面的就是死亡？

一九八九

诗后面标出年份,那一年布罗茨基四十九岁,七年后去世。写这首诗之前两年,他在诺贝尔文学奖获奖演说最后写道:"写诗的人写诗,并不是因为他指望死后的荣光,虽然他也时常希冀一首诗能比他活得更长,哪怕是稍长一些。写诗的人写诗,是因为语言对他作出暗示或者干脆口授接下来的诗句。一首诗开了头,诗人通常并不知道这首诗会怎样结束,有时,写出的东西很叫人吃惊,因为写出来的东西往往超出他的预期,他的思想往往比他希求的走得更远。只有在语言的未来参与进诗人的现实的时刻,才有这样的情形。……有时,借助一个词,一个韵脚,写诗的人就能出现在在他之前谁也没到过的地方,也许,他会走得比他本人所希求的更远。写诗的人写诗,首先是因为,诗的写作是意识、思维和对世界的感受的巨大加速器。一个人若有一次体验到这种加速,他就不再会拒绝重复这种体验,他就会落入对这一过程的依赖,就像落进对麻醉剂或烈酒的依赖一样。一个处在对语言的这种依赖状态的人,我认为,就可以称之为诗人。"

二〇一八年一月五日

得书记

我曾经写过一篇短文《失书记》,一位朋友说,何不再写一篇《得书记》?

这如何写法?我不是藏书家,没有什么珍稀的宝贝;普通的书又不算太少,不可能也没有必要一一交代。就挑几本,说说来历和相关的人事吧。

其实也不是挑,不需要在书架前逡巡,它们就在记忆里,牵连着不同时期的经验涌出,漫过书的形式和内容本身。

一九八五年上大学，中文系男生宿舍在复旦东区的十五号楼，我住三楼，对着楼梯口。八三级住二楼，有我的一个中学校友，也住对着楼梯口这间。我赶紧来见他。他读高中时就在《青春》上发表了小说，这可不是件小事，马上传遍整个学校。两个人坐在桌子和床之间的窄道里说话，说得磕磕绊绊，倒不觉得尴尬——原来他是和我一样不善言谈的人。沉默的间隙，他伸手从床上靠墙放着的一排书里抽出一本，送给我。

《麦田里的守望者》，施咸荣译，漓江出版社，一九八三年第一版。封面上作者的名字印成"塞格林"，我用钢笔给"格"和"林"划了个对调符号。要到后来我才知道，一九六三年作家出版社以内部资料的形式出过这本书，就是施咸荣翻译的。我们大学时代读的塞林格，除了这本，还有《九故事》，班里那几个写小说的兄弟，差不多把《九故事》当成了短篇写作的秘籍，说起来，那可真是"抓香蕉鱼的日子"。

《麦田里的守望者》到现在出了很多版本，我自己就有不少，但一直保存着师兄送的那本。我们凑在一起的时候很少，都不是爱交际的人。回想起来，有两个很深的印象。一是某天傍晚远远地看见他，一个人踢足球，对着一面墙，踢过去，弹回来，再踢过去；再就是，有回不知道怎么聊起写作，他说，如果写八十年代中国文学和文化的变化，就要写成《伊甸园之门》这样的东西。

我在中央食堂前的书报亭买了 Morris Dickstein 这本书，有些激动地读过一遍，上面画满了直线和波浪线。很多年之后，有一次我代陈思和老师当代文学史的课，一个学生录了音，整理成文，题目是《重返八十年代：先锋小说和文学的青春》，开篇讲的却是《伊甸园之门》这本书，以及八十年代中后期它在校园里的风行。

师兄毕业后回山东，在省广电中心工作。我大三下学期实习，他那时候下淄博记者站锻炼，我联系了他，就到淄博去跟他同吃同住，跟着出去采访，过了很快乐的三个月。

大概是读研究生期间吧,我在老孙头的宿舍看他买的英文旧书,看的时间有点长,猛然听到他说:"这本送你了。"

我略有吃惊,却也没客气,带回了自己的宿舍——兰登书屋出版的《弗罗斯特诗选》(*The Poems of Robert Frost*, First Modern Library Edition, 1946)。

老孙头和我同班,从本科到研究生,所有人第一次见他,先注意的一定是他的高,而且瘦。这么一个挺拔的内蒙小伙,不知道怎么被喊成老孙头。读研期间我在台湾文学上花过一些工夫,那时候最大的困难是找台版书,图书馆要么没有,要么有,你也得开了证明才能看。幸亏老孙头,我沾他的光,读到不少。他的导师专研台湾文学,他从导师那里借来,看完了我看,还回去再借。王文兴的短篇集《玩具手枪》和《龙天楼》、长篇《家变》和《背海的人》,欧阳子的短篇集《秋叶》,等等,就是这样有借有还,匆忙认真地读来的。我有一阵子写过几篇台湾作家作品论,所以动笔,其中的一个心理原因或许是，看了要赶快记下来，否则就忘了，没法重新读；假设这些书是我自己的，未必能产生这样的紧迫感。

老孙头读完研究生到上海大学教书，我和同学小乔骑自行车去看他，他的宿舍前有个院子，院子里竟然有口水井。大夏天，我们汗淋淋地找到他，他从水井里提上来一个大西瓜。现在想不起那个地方的具体位置了，当年隔不远就是农村，如今自然是被城市覆盖了。

很多年过去了，那本《弗罗斯特诗选》依然是我常常翻阅的书，随手翻开，读三五页，放回去；下一次，也许一两页。好像从来没有一次从头读到尾。几年前在我的"中国新诗"课堂上，讲到卞之琳的《鱼化石》，第一句"我要有你的怀抱的形状"，忽然想起弗罗斯特的 *Devotion*，拿起粉笔在黑板上写这首短诗：

The heart can think of no devotion

Greater than being shore to the ocean—
Holding the curve of one position,
Counting an endless repetition.

写完了,才松一口气:万一写到一半忘记了怎么办?定了下神,对学生说,参照一下,这也是一种"怀抱的形状"——海岸朝向大海的"怀抱的形状"。

一九九二年夏天我进《文汇报》当记者,万般不舍学校生活,一有空就往导师家里跑,坐在贾植芳先生的书房兼客厅里,听先生聊天,仿佛还停留在学生时代。

有一天先生送我德国传记名家爱米尔·路德维希的《人之子》英文本(*The Son of Man*, Liveright Publishing Corporation, 1945),说他年轻时候读过这本耶稣传,他同时代的留日学生孙洵侯一九三七年出过一个译本,希望我能重新译出来。

先生一向重视翻译,四十年代末译恩格斯《住宅问题》,五十年代初译《契诃夫手记》;他也一向喜欢推荐书给身边的年轻人翻译,我随手就能举出几个例子,如任一鸣译《勃留索夫日记抄》,谈蓓芳译《晨曦的儿子——尼采传》,陈广宏译《一个中国人的文艺观——周作人的文艺思想》。《晨曦的儿子》先生自己早年翻译过,译稿却在动荡的生活中丢失,谈蓓芳的译本出版后,我见过先生的兴奋。

《人之子》也就十四五万字,我用了将近一年半时间。整个过程都是在一个近二十人共用的办公室里进行,在写完新闻稿之后人来人往的喧闹中,或是晚上空荡荡的安静里。那时候的电脑,DOS系统,文字处理用WPS,输入法正处于初期的竞争状态,我学的是报社推行的一种,现在都记不起来叫什么名字。译稿完成,打印在分页折叠、两边有洞眼的打印纸上,叠起来很厚实,拉开来很长,像一条窄窄的道路。

书在一九九八年初出版，那时候我已经回学校读博士快两年了。

外滩那座文汇报社大楼，后来消失了；那个几乎占半层楼面的办公室，我工作了四年的地方，想起来很是怀念，那里的同事一位位都那么善良、宽容地看着新进来的小青年拿着一本英文书对着电脑打字。先生离世已经十多年，他给我那本书，是将近三十年前的情景了。

二〇〇二年春天，我去韩国釜山大学做交换教授，住学校的国际公寓。房间干干净净，没有多余的东西，桌子上却端端正正放着一本厚厚的书，夹着一张英文手写纸条："如果你喜欢，请收下。祝生活愉快！住在这里很不错。我是你来之前的房客。"

——挺让人温暖的，是吧？

书是 *Three Novels of Ernest Hemingway*（Charles

Scribner's Sons，1962），包括《太阳照常升起》、《永别了，武器》和《老人与海》。这三部小说，我大学时都读过中译本，没想到英文本还能合成一本书。既然不期而遇，闲着的时候就随手翻翻，翻到哪页读哪页，断断续续消磨掉不少时光。

认真读的，倒是导言。每部作品都有一篇导言，作者依次分别是 Malcolm Cowley，Penn Warren，Carlos Baker，这三个人，哪一个我敢轻忽懈怠？更何况，Malcolm Cowley，看到这个名字我立即想到年轻时读他的《流放者的归来》——眼前展开他为《太阳照常升起》写的 "*Commencing with the Simplest Things*"，时时唤起当年读那本书的印象，感受交织叠印，惊奇莫名：仿佛时间掉了个头，去捡拾起将近二十年前的几片光影。

《流放者的归来》与上面提到过的《伊甸园之门》是同时出版的，一九八五年上海外语教育出版社出了一套"美国文化史论译丛"，其中的这两本，最受年轻读者欢迎，那些年读中文系的，不少人到现在应该还有印象吧。如果你注意细节，会发现这套书作者的名字，都直接写英文，并不译成对应的汉字（我这篇短文有意照此处理），仅此也透露出一点点时代氛围。

二〇〇六年秋，我到芝加哥大学做访问教授，讲两门课之外，空余时间大多在图书馆里闲散打发。Regenstein 图书馆门口，常有剔除注销的书，免费给读者。我有时会翻上一会儿，但考虑到回国行李的重量，没有拿走的念头。有一次忽然想，做个纪念也好啊，就挑了两本：

Memoir of Thomas Bewick, Written by Himself 1822-1828, Southern Illinois University Press, 1961. 选这本，是因为里面有多幅木刻，动物和鸟，一刀一刀精细不苟；

另一本 *Memories of Scarritt*, by Maria Layng Gibson, Cokesbury Press, 1928. 这个年份的出版物，在国内的

图书馆，还不能随便看呢。拿回去一翻，发现里面夹着一张明信片，笔迹和邮戳都清晰可辨，时间更早：一九〇六年圣诞节。

某年宋明炜回国，送我一本埃德蒙·威尔逊的文集，*The American Earthquake*, First Da Capo Press Edition，1996，说是花一美元买的。明炜知道我的阅读喜好，他不知道的是这本书还被我派了别的用场。

据说很久以前，中文系研究生的专业英语，以《阿克瑟尔的城堡》（*Axel's Castle: A Study of the Imaginative Literature of 1870—1930*）作教材，但没几年这位老师出国了，后来的老师有后来的教材和教法。我自己学专业英语课用什么教材，已经完全记不起来。到我招博士生的时候，面试有一个环节是英语口试，我用一个简单的方法：考生面前放一本《阿克瑟尔的城堡》，请他随便翻开一页，读一段，然后翻译成中文。

明炜送我这本书之后，考生面前放的就是两本威尔逊了。

有那么几次，我忍不住问了一个我其实知道答案的问题：你看看这两本书的作者，你知道他吗？知道多少？

感谢他们中大多数人的诚实：不知道。

一个大批评家，但现在过时了。前几年我开一门读书的课，恰逢他的《到芬兰车站》中译本出版，就让学生读这本书，讨论了一次。但也就只此一次而已。

明炜任教的韦尔斯利，我去过两次，每次他都会谈到纳博科夫，还带我去看纳博科夫当年在此教书的研究室。到他家里，他从书架上抽出一本书送我，《劳拉的原型》(*The Original of Laura*, Alfred A. Knopf, 2008)，纳博科夫最后一部小说，写在卡片上的原稿，书即由手写卡片影印而成。明炜指指书架，说自己还有一本；然后又抽出一本《布罗茨基英语诗集》(Joseph Brodsky, *Collected Poems in English*, Farrar, Straus and Giroux, 2002) 给我，说这个他也还有一本。他喜欢一本书买好几本，似乎时刻准备送朋友。

二〇一五年秋天，明炜带我逛哈佛周边的书店，他选了一本波拉尼奥的小说 *Woes of the True Policeman*, Farrar, Straus and Giroux, 2012。结完账出来，他把书递给我："送你的。"

文章到这里，都是美好的回忆，就不往下写了。如今在封控和隔绝中，眺望已然消失的辽阔年代，无可挽回地逝去了而依然辽阔。

捡拾一些碎片，连缀成篇，给那位提议我写此短文的朋友看。他说：有些日子，就这样在文字里再生。又说：像挽歌。

沉默了一会儿，他换了语气：又像证据——那些书还在，就是小小的物证。

二〇二一年十二月十七日，小区解封

图书在版编目（CIP）数据

迷恋记 / 张新颖著. -- 上海：上海文艺出版社,2024
ISBN 978-7-5321-8948-9

Ⅰ.①迷… Ⅱ.①张… Ⅲ.①随笔－作品集－中国－当代 Ⅳ.①I267.1

中国国家版本馆CIP数据核字(2024)第009602号

发 行 人：毕　胜
策 划 人：李伟长
责任编辑：胡曦露
装帧设计：千巨万工作室 · 任凌云

书　　名：迷恋记
作　　者：张新颖
出　　版：上海世纪出版集团　上海文艺出版社
地　　址：上海市闵行区号景路159弄A座2楼 201101
发　　行：上海文艺出版社发行中心
　　　　　上海市闵行区号景路159弄A座2楼206室　201101　www.ewen.co
印　　刷：上海盛通时代印刷有限公司
开　　本：787×1092　1/32
印　　张：8
插　　页：5
字　　数：106,000
印　　次：2024年3月第1版　2024年3月第1次印刷
Ｉ Ｓ Ｂ Ｎ：978-7-5321-8948-9/I.7048
定　　价：68.00元
告 读 者：如发现本书有质量问题请与印刷厂质量科联系　T: 021-37910000